ズルい言葉

酒井順子

ハルキ文庫

ズルい言葉

酒井順子

ハルキ文庫

角川春樹事務所

もくじ

I

II

Ⅲ

Ⅳ

I

暑い

夏といえば猛暑、ということになりがちな昨今。暑さの被害は色々とあるわけですが、しかし猛暑に一つだけ良い点があるとしたら、それは「何となく、話すネタに困らない」ということではないかと思います。

ものすごく暑いと、人は、

「暑い暑い！」

と、言わずにはいられません。普段は独り言など言わない人であっても、真夏のかんかん照りの日差しの下では、

「あっちい！」

とつぶやいてしまうし、またクーラーの利いた電車に飛び乗った時、

「ふうーっ」

などと思わず洩らしたりしてしまうもの。

一人でも言ってしまうのですから、人が二人以上顔を合わせた時に、

「暑いですね……」

「本当に暑い」

などと言わずにいられる人が、いましょうか。この会話は、寒い時に、「寒い寒い」と言い合うよりも切実な響きを持っているような気がするのですが。

暑い時に、

「暑いですねえ」

と誰かと言い交わしたからといって、暑さが軽減するわけではないのです。汗をダラダラたらした暑苦しい人から、

「暑い暑い！」

などと言われると、かえって暑さが増すぐらい。それなのに私達は、人を見れば「暑い！」と言わずにいられないのは、「自分は、一人ではない」ということを確認したいからなのではないかと、思うのです。

猛暑というのは、一種の事件であり、イベントであり、また苦行です。もしも砂漠のような場所で、たった一人で猛暑にさらされたとしたら、人は結構早く参って

しまうのだと思うのですが、私達には仲間がいる。

「暑いですね」

「本当に」

と言い合うことによって、「暑さという苦行に耐えているのは、私だけではない。皆も同様に、この苦しみを味わっているのだ」と、「つらいのは、自分だけではない」と思うことができる。

しかしだからこそ、「暑い」というのはいくら言っても満足を得られない言葉でもあるのです。暑さに共感してもらえるのは確かに心強いけれど、皆が同じように暑いということは、「こんなに暑い思いをしているのに、誰からも同情してもらえない」ということでもある。皆が同じように苦しいという時は、自分一人が苦しい時とはまた別種の孤独を、感じるものなのでした。

そんなわけで夏は、あまりよく知らない人とでも、暑い暑いと言い合っていれば、何となく会話が成立してしまう季節。手紙やメールの最後も、「夏バテなど、なさいませんように」と書けば、うまくまとめることができる。

しかし私、考えてみると、「夏バテ」という概念が、どうもよく理解できないのでした。夏だから食欲や元気がなくなるなどという経験をしたことがなく、それなのに「夏バテしないように」などと皆から言われるのでモリモリ食べるようにすると、かえって他の季節よりも太るくらい。

「暑いですね」と言い合えない季節になったら、どんな挨拶を他人と交わせばよいのか、既にうまく思い出すことができない私。暑さというイベントは、いつの間にか人を怠惰にさせることだけは、確かなようです。

あとは若い人に

このメタボ時代、「大盛り」とか「ボリューム満点」といったことは、最早サービスではありません。私のような微妙な年齢の者にとっては、その手の行為は既に、暴力に近い。「もうお腹がいっぱいです」と言っているのに、カロリーの高いものを、

「どうぞどうぞ」

などと無理矢理勧められると、殺意に近い感情すら抱くのです。

美味しいものを、カロリー過多にならないように、食べたい。これは、今を生きる大人にとって共通の願いでしょう。ですから、

「家に帰っても満足感が持続するよう、しっかり量を食べていただきたいのです」

といったレストランからは、いくら美味しくても結果的に私は足が遠退くように

なっています。

カロリーが気になる時は、出てきた物を残せばいいのです。しかし日本人にとって、食べ物を残すという行為は、罪悪感と切り離すことができないもの。きれいに皿を空にしてこそ、「食べた」という達成感も生まれるのですし。

中国などでは、食べきれないほど料理を頼んで残すことが、一種のマナーなのだと聞いたことがあります。残さないと、「料理が十分ではなかった」という意思表示になってしまうのだ、と。その手の国に行った時は、日本にいる時よりも気分的にラクに残すことができるものの、それでもやはり、お天道様に対して「すいません」という気分は、拭い去ることができません。

しかし最近、自分が年をとってきてからは、良い手が使えることに気付いたのです。つまり、皆で何かを食べていて余りそうになった時に大人は、その場で一番若い人に対して、

「はい、あとは若い人よろしく」

と、責任を負わせることができる。

たとえば焼肉を食べるにしても、カルビの脂身の多いところは、

「はいこれは若い人に」

と押しつけて、

「私はもう歳だからさ〜」

と、自分は比較的脂身の少ない部位にありついたり。アイスクリームが多すぎる時は、

「若いから、これくらい食べられるでしょう」

と、半分くらい若者の皿に移してみたり。

こんな時に私は、しみじみ「歳をとってよかった」と思うのでした。考えてみれば自分も若い頃は、このように年上の人から、さほど食べたくないものを押しつけられたりしたものです。たとえば小籠包（ショウロンポウ）が一個だけ余っていたりすると、

「はい、この遠慮の固まりは若い人が食べてねっ」

と、せいろが回ってきたりしたものでした。が、それを食べても別にどうということのない代謝力が自分にもあった。

そして、今。座の中で、自分が最長老ということも少なくありません。自分は食べたい分だけを食べて、残ったものを若い人に押しつけるというのはまさに、大人の特権というものでしょう。

ですから昨今の食事会において、「食べ」要員は欠かせない存在なのです。大人

しかメンバーにいないと、昔は大食を誇った人も、

「最近はあんまり食べられなくなって」

などとつぶやくため、そうたくさんの種類の料理を食べることができない。モリモリ食べてくれるような食べ要員が一人加わることによって、色々なメニューを楽しむことができるし、またそれを残さずに済むというスッキリした気分を味わうこともできるのです。


これからどんどん、高齢化が進む我が国。大人達の食事会に参加してモリモリ平らげてあげる「食べ屋」という職業がもしもあったら、その需要は高まるかもしれません。

ある意味

文章を書くことを仕事にしている人は、いわゆる「紋きり型」の表現を使わないように注意を払っている人が多いものです。たとえば感動的な映画を観た時、女優さんであれば、

「勇気をもらいました」

「感動をありがとう」

というコメントを出してもいいわけですが、物書き屋さんがそのようなことを言っていたら、その資質が問われかねない。もうちょっと気の利いたフレーズを考えなくてはならないわけです。

そして私が、文章を書く時に、使わないように気をつけている紋きり表現の一つが、

「ある意味」

です。

「ある意味」というのは、非常に便利な言葉なのです。

「それはある意味、間違っている」

と言えば、ある意味では間違っているが別の意味では正しいと言うこともできるわけで、どちらとも取ることができる。

また、

「彼はある意味において幸せであった」

などと書くと、諸手をあげて幸せというよりも、何となく意味あり気な幸せという感じがする。

「ある意味」は、このように使い勝手が良い言葉。何となく食卓が寂しい時に添える小鉢のように、ついつい文章に添えたくなってしまう言葉なのです。

しかし、「物足りないしー」と添える小鉢の中には、たいていあまり美味しいものが入っていないように(糸コンニャクの煮付けとか)、調子を整えるために付け加える「ある意味」も、ほとんど意味を持たないものです。日常会話の中でもついつい、

「ある意味、嬉しい」

とか、

「ある意味、嫌い」

とか言ってしまうのですが、言いながらも「嬉しい」、「嫌い」って言えばいいじゃんねぇ、と自分で思う。

「私はこう思うの。あなたもそう思うでしょう？」

なんて聞かれた時は、「はい」とも「いいえ」とも言わず、

「ある意味……」

とだけ答えてるような時もあるのです。

「ある意味」の魔力。それは、物事をすごくあいまいにしてくれる割には、深いことを考えているフリもできるという部分にあるのでした。「ある意味と言うからには、何らかの意味がこの発言の裏側には隠されているのね」と読む側・聞く側に思わせることができる。

しかしもちろん、「ある意味」と言ったからとて、いつもその「意味」が用意されているわけではありません。「意味」の説明をせずにそのまま逃げても、誰も怒りはしないのです。

そんなわけで私は、少なくとも文章を書く時だけは、「ある意味」を使用しないように努力をしているのでした。もちろん「ああ、ここで『ある意味』が使えたらすっごくラクなのだけどなぁ」と思う時もしばしばなわけですが、グッと我慢して別の言葉を探す。

便利だけれど、使いすぎるとバカになりそうな「ある意味」。「ある意味」と書きそうになる度、とあるお笑い芸人が言った、

「ある意味ってどの意味だよっ」

というフレーズが、リフレインするのです。

いまどこ？

携帯電話が出現するまでは、「固定電話」という単語は存在しませんでした。

と言うより、携帯電話が登場してもしばらくは、「普通の電話」とか「家の電話」という言い方をしていた気もするのです。携帯電話の勢いが明らかに固定電話のそれを凌駕し、「普通の」電話が普通でなくなってきた時に、固定電話という言い方は、人口に膾炙するようになったのでしょう。

携帯電話の世となってから、盛んに使用されるようになった言葉は他にもたくさんあることと思いますが、中でも携帯時代を象徴すると思われる言葉は、

「いまどこ？」

というものです。

固定電話時代、「いまどこ？」という台詞は、ほとんど使用されないものでした。

電話をかける・受ける場所といえば、家もしくは職場。もちろん公衆電話というものも、あったわけですが、あれって確か、かかってきた時に「ピー」という音がして、

「あ、いま外なの？」

と、すぐにわかったものです（懐かしー）。

しかし今、電話をかけてきた相手、もしくはかけた相手が今、どこでどのような状態で話しているのかを、私達は確かめざるを得ないのでした。別に相手がどこで何をしていようと会話は成立するし用件は伝えられるのですが、それでも人は、相手の居場所を知りたくなってしまう。たった「今」、「どこ」にいるのかがわからない相手と気楽に話せるほど、私達はまだこなれていないのです。

そして、

「いまどこ？」

という言葉は、電話をかける相手と受ける相手の力関係のようなものを、はっきりと浮き彫りにするのでした。

たとえば夜の街で携帯に出る、ギャル。明らかにそこは渋谷なのに、「いまどこ？」と聞いてきたのであろう相手に対して、

「えーいま？　登戸。もうすぐウチだよ」

とか言ってるのを聞くと、電話の相手の男の子は、明らかに彼女に負けていると
いうことが理解できる。

また、電車の中だというのに全く躊躇せずに電話に出る、サラリーマン。

「は、今ちょっと電車の中なもので、すぐにかけなおさせていただきます」

とか言って電話を切り、もうすぐ終点のターミナル駅だというのに、一個手前の駅で飛び降りてホームで速攻でかけなおしていたりするのを見ると、「彼に『いまどこ？』と問うた相手は得意先とか上司とかで、いついかなる場合でも彼は電話に出なくてはならないのだなぁ」ということが、わかるのです。

つまり、「いまどこ？」には、二種類あるのでした。相手がどこにいるのか不安で把握しておきたい（でもたいてい把握することなどできない）が故の、「いまどこ？」。そして、相手を自分に従属させておくための、強権としての「いまどこ？」。

不安から出る「いまどこ？」を言われた者は、「携帯って、どこにいて何をしていようと相手にバレなくて、本当に便利だわぁ」と、思っている。対して強権による「いまどこ？」を言われた者は、「携帯はいつも僕を縛る」と、携帯の震動にビクビクしている。

自分の居場所を、聞かれる。それは携帯出現以前はあり得ない状況なのでした。そんな「いまどこ?」をどの程度真剣に捉(とら)えるかによって、携帯からの自由度というものは測られるのではないか、と私は思います。

ウチ

東京の女子高生が、自分のことを「ウチ」と言うようになったのは、いつ頃のことだったでしょうか。最初は「ウチら」という言い方で「私達」を表現する時にだけ使用されていると思っていたのですが、そのうち、

「ウチさ～、今日は部活ないから早く帰れるんですけど」

というように「私」という意味でも使用されるようになった。

最近は「ウチ」使用の低年齢化が進んでいるようです。小学生の娘さんを持つ友達は、

「娘も、自分のこと『ウチ』って言うわよ。たぶん、お姉さんがいるような友達から伝播（でんぱ）したのだと思うのよね。でも、『ウチ』って言うと、パパからものすごく怒られるから、パパの前では使わないようにしてるみたい」

と言っていたのです。

小学生まで、自分のことを「ウチ」とは！　と、私は少なからず驚きました。それというのも、東京の女の子達の間では様々な言葉が流行(はや)ったりすたれたりしてきたというものの、一人称に関しては長い間、劇的な変化がなく、「あたし」の時代が続いていたからなのです。

男の子の場合は、「オレ」とか「僕」とか「自分」とか、一人称には色々とパターンがあるのに対して、女の子の場合は「わたし」がカジュアル化した言い方である「あたし」がほとんどです。昔のズベ公は「あたい」と言っていたそうですが、それにしても「わたし」の変形バージョン。

そこへきて、今回の「ウチ」ブーム。親御さんからしたら、「うち（この場合のうちは、「私」という意味ではなく「我が家の」という意味）の娘がそんな流行り言葉を使用するなんて！」と、ショックを受けるのではないでしょうか。

「ウチ」という言葉は、おそらく関西弁を取り入れたということなのだと思います。千葉の方にも自分のことを「ウチ」という地方があるらしいので、そちらからの流れということも考えられましょう。

関西の子が、

東京の子が、

「ウチなぁ、もうお腹いっぱいやねん」

とか言うと、とろーんとした雰囲気が出て、何とも可愛らしいものです。東京の子も最初はその手の効果を狙ったのかもしれませんが、

「ウチさー、もうお腹いっぱいなんだよね」

と言うと、甘いと言うより厳しい感じになってくる。

その出自が関西であれ千葉であれ、いずれにしても東京の女の子が自分のことを「ウチ」と言うと、そこにはちょっとしたヤンキー臭が漂うのでした。女の子達は、男の子には色々な一人称があるのに、自分達には「あたし」しかないのが、不満だったのかもしれません。東京の女の子は、もっとはすっぱに、自称をしてみたかったからこそ、「ウチ」にとびついた。

だいたいにおいて、若者が好むのは、上品なものよりも下品なものです。言葉においても然りで、よりくだけた言い方を仲間うちだけですることによって、若者達は同世代意識を醸成する。

そういえば私も、若い頃に「クソ○○」という言い方をよくしていたことがあったものです。「クソまずい」「クソつまんない」というように、否定的な言葉を強めるために「クソ」を使用しておりました。

しかし大人になると、自然に下品な物言いはおさまるもの。しかし「クソ」を忘れてずいぶんたった時、母親がぽろっと、

「クソまずいわね、このお漬物」

と言ったことがあるのです。おそらく、高校時代の私が乱用していた「クソ」が記憶に残っていて、ふとした瞬間に口をついたのでしょう。私は、

「あのさぁ、六十を過ぎた人が『クソ』とか言わない方がいいと思うよ。私ですら、もう言わなくなって二十年くらいたってるのに」

と言ったのですが、言葉の記憶は意外なところに残っているものなのですね……。とまぁこのように、下品な言葉を使いたがるのが若者というもの。だからこそ、一人称も下品にしてみたかったのでしょう。

それまでも、乱暴な一人称を使用する女の子もいたのです。が、「オレ」ではあまりにガサツすぎるし、「僕」ではおたくっぽい。そこに「ウチ」という、女言葉でありつつはすっぱ感が漂う一人称が登場したからこそ、彼女達は受け入れたのです。

「女っぽくて、はすっぱ」というのは、色気を発散させます。男っぽい女はモテないけれど、はすっぱな女というのは、ある種の男を確実にひきよせる魅力を持って

いるのです。それがつまり、「ヤンキー女はモテる」ということなのでしょう。日本一のモテ男歴が長いキムタクが選んだ奥さんが工藤静香であることでも、ヤンキー女のモテっぷりは実証されているところ。工藤静香も、いかにも「ウチ」という一人称が似合いそうなタイプではありませんか。

自分のことを、上品に「わたくし」と言う女の子と、「ウチ」と言う女の子がいたら、肉じゃがを作るのが上手そうなのは、明らかに後者。子供をいっぱい産みそうなのも、後者。男に家事の分担を迫らなそうなのも、後者。「ウチ」という一人称が似合う女の子というのは、昔ながらの日本男児を、ホッとさせてくれる存在なのです。

とはいえ多くの親御さんからしたら、自分の娘にヤンキー臭をむやみに発散させてもらいたくはないわけで、「ウチ」と言う娘さんを持った親御さんは、将来のことがさぞや心配なことかと思います。「この子はいったいいつまで自分のことを『ウチ』と言い続けるつもりなのかしら」と。

しかし、心配はいらないのだと思います。私がいつまでも「クソまずい」と言わなかったように、大人になるにつれ、若者語は自然と口にしなくなるもの。少なくとも就職活動をしようという頃には、「ウチとか言っている場合じゃない」と、自分で気付くことでしょう。

それよりもお母さま方も、私の母親のように娘さんのクセがうつって、

「ウチはね～」

などとつい口にしないよう、気を付けられるとよいのではないかと思うのでした。

おいしい

ある料理人さんに、

「お客さんから言われて一番嬉しい言葉って、何ですか？」

と聞いたところ、

「そりゃあやっぱり、『おいしい』でしょう」

と、おっしゃったのでした。

なるほど、それはごもっとも。私だって、自分が書いた文章を評される時、どのような美辞麗句よりも「面白い」と言われるのが嬉しいのであって、これは愚問であったな……と思ったのでした。

何かを食べていて、本当に好もしい味を感じた時。人の口から出る言葉はただ一つ、

「おいしい！」

だけなのです。おいしいなぁ、と思っている時に「おいしい」以外の言葉を使って説明しなくてはならないグルメレポーターの不幸は、そこにある。そしてグルメレポーターではない私は、「おいしい時に言いたいだけ『おいしい』って言うことができる幸福」のようなものを、常に感じているわけです。

しかしふと、「私は、本当に美味だと感じている時にだけ、『おいしい』と言っているのだろうか？」という疑問が湧く時も、あるのでした。

たとえば、誰かと一緒に食事をしている時。何かを一口食べて、「微妙な味だ……」などと思っている瞬間、隣の人が、

「おいしいっ！」

と叫んだため、つい自分も、

「本当だ、おいしいねー」

などと言っていることが、あなたにはないか。つられてつい、というよりは、

「ここで反論などしたら、相手の味覚を否定することになるのでは」とか、「ここでおいしいと言わなかったら、低レベルな味覚の持ち主だと思われるのでは」といった気持ちが脳裏に去来して、同調してしまうわけです。

また、腕はいいのだが愛想は今一つということが評判の料理人さんがいるお店において、料理人さんをチアアップする、というよりはその人の機嫌をとるために、

「うわぁ、おいしい」

などと、料理人さんが近くにいる時に言ってみたことは、ないか。料理人さんはその言葉を聞いて一応、

「どうも」

とか言うわけですが、平凡な味覚しか持たない客としては、疑心暗鬼でその表情をうかがう。『おいしい』の言い時としては、適当だったのだろうか？　それとも、他に正しい誉めどころがあったのか？」と、びくびくしつつ。

他人の家に食事に招かれた時も、「おいしい」は大盤振る舞いしなくてはならない言葉です。素人さんの場合、

「どうこれ？　ちょっと塩が少なかった？」

などと盛んに聞いてくるので、

「そんなことないわよぉ、すごくおいしい！」

と、いちいち対応。味はともあれ基本は「おいしい」と言うことが、客としてのマナーであり、また友情の証であるということができましょう。

しかし「おいしい」というのは、不思議な言葉なのでした。たとえ社交辞令であれ作り手の機嫌をとるためであれ、「おいしい」と言っていると、本当においしく思えてくる。

「おいしいねー!」

「すっごくおいしい!」

とその場にいる人々と言い合っているうちに脳内麻薬のようなものが分泌されて、ケチャダンスを踊っているかのように、ハイな気持ちになってくるのです。

「おいしい」は、作り手のために言う言葉でもあるけれど、自分の味覚をより盛り上げるためのスパイスにもなる言葉。ただしスパイスと同様、使いすぎるとだんだん麻痺(まひ)してきて効能が薄くなってくるので、「ここぞ」という時に使うようにしたいとは、思っているのでした。

オーラ

「あの人って、オーラ出てるよね〜」

というのは、新しい誉め言葉なのだと思います。

昔は、「オーラ」などという言葉は日常的に使用されていませんでした。

「あの人は、存在感があるね」

といった言い方はされたものの、私などは「オーラ」と「オーロラ」の区別もつかなかったと思う。

……と言いつつ、いまだにオーラのことがよくはわかっていない私。たとえば一緒にお芝居を観た友達から、

「主演の女優さん、すごいオーラを出していたわね！」

などと言われると、

顔が綺麗かどうかとか、歌や踊りや演技がうまいかどうかというのはわかっても、オーラが出ているかどうかということは、私にはとんとわからない。

オーラが理解できるかどうかには、三つくらいの段階があるように思うのです。最も能力が高い人というのは、本当に人が発しているオーラの色が、目に見えるらしい。霊感が強いような人は、

「あなたのオーラ、いつもは綺麗なピンクなのに、今日は少し弱ってるわね」

などと、いつでもオーラを見ることができるというではありませんか。

二番目の段階の人は、目には見えないながらも、何らかのオーラの雰囲気を感じるようなのです。その空気感に、圧倒されたりもするらしい。

そして三番目の段階にいる私は、オーラというものがさっぱりわかりません。人を見た時に、明らかに負のオーラが出ている……といったことをたまに思ったりしますが、それはオーラというよりも、髪がボサボサで前歯がなくて貧乏ゆすりしてる、みたいな見た目で判断して「負のオーラ」と言っているに過ぎない。

そして私は、第二段階の人の中には、オーラが見えるフリをしているだけの人も

いるのではないか、という気がするのでした。スピリチュアルブームの今、オーラがわかるというのは、何となく格好いい。だからこそ、

「あの人、三年前に会った時は全然地味だったのに、今はすごいオーラね！」

などと、つい言ってしまうのではないか。本当は「外見が良い」「態度や声が大きい」「有名になった」といった理由から判断された結果であるのに。

オーラに限らず、私は見えないものを見る能力とか、スピリチュアル的な能力を一切、持っておりません。神社など、聖地と言われる場所に行けば、巨木があったり、古くて荘厳な建築物があったりして、良い心持ちにはなるものの、それは巨木や建築物の演出効果を感じているのであって、特別な空気を察知しているわけでは決してない。江原先生のように、「敷地に入った途端、ここは違うと思いました」的な感覚は、わからないのです。

対して、聖地の聖性を感じ取ることができる人も、中にはいるらしい。「あそこはすごい！」「ビンビンきた！」と言っているのを聞くと、その手のものが理解できない私としては、「この人達は、コックリさんの十円玉を自分で動かしながらも、自然に動いたように思い込んでいたタイプの人なのでは？」と、悔しまぎれに思ったりするのです。

そんな「オーラの見えない女」である私は、しかし時としてオーラを便利に使うこともあるのでした。スピリチュアルブームの今だからこそ、

「すごいオーラをお持ちですね！」

とか、

「オーラがあるって言われません？」

というのは、たいへんな誉め言葉。だからこそ、他人様（ひとさま）を喜ばせるために、オーラを持ち出すことがあるのです。

それは、誉めどころがいまいちわかりにくい人を誉める時に、便利な言葉なのでした。「お綺麗ですね！」「素敵なお洋服！」「部長になられたんですって？ すごーい」などと、わかりやすいホメポイントを持っている人は誉めやすいのですが、顔立ちもファッションも業績もどうもパッとしないが……という人を誉める時、「オーラ」という言葉は、我々を救ってくれます。

「オーラがありますよね！」

と言われて、嫌な気持ちになる人は、あまりいないのですから。

綺麗でない人を綺麗と言ったり、素敵ではない服を素敵と言ったりするのは、「私は嘘（うそ）を言っている」と良心が痛むものです。しかし「オーラがある」という発

言は、必ずしも嘘ではない、ような気がする。何色かもわからないし強弱も知らないけれど、人である限り何らかのオーラは発しているであろうことを思えば、「オーラがありますよね！」も全くの嘘ではなかろう。

　オーラを誉めるというのは、本当は何を誉めているのかはっきりしないながらも、その人の内面から外見まで、全てを誉めているようにも聞こえるものです。実際、自分が言われると「あら、私ってそんなに魅力的かしらん？」と、ホクホクとした気持ちになるもの。

　スピリチュアルブームであるからこそ、人が自慢するポイントは、目に見える部分だけではなくなってきました。

「私、前世はフランス貴族の娘だったらしいのよね」

　とか、

「私の守護霊は、偉い武将みたいな人なんだって」

　などと胸を張る人もいるのです。

　ということは、オーラに限らず、目に見えないものを誉めることによって、たいそう喜んでくれる人も多いということ。

「どことなく高貴な感じがするのは、前世のせいなのね！」

「やっぱり、あなたの守護霊は普通じゃないって感じがするわ〜」などと言うだけで喜んでもらえるのですから、何とありがたいことでしょう。

「見て見ぬフリ」ではなく、「見えてないのに見えるフリ」も、今の世においては一種の方便。たとえ突出したホメポイントがなくとも、「優しいオーラ」とか「クールなオーラ」とか、自分なりにオーラの色付けができるところがまた、オーラボメの便利なところなのだと思います。

おかわりいかが？

鍋物(なべもの)の季節に「今夜は、鍋」と思うと、確かに心が温まってくるような感じがするものです。

鍋というのは、人の性格があらわになる食べ物です。言わずと知れた鍋奉行タイプの人がいるかと思えば、ふと気がつけば同じ食材ばかりを偏執的に食べ続けている人もいる。

私の場合は、結果的に豆腐を食べないでいる、というタイプなのでした。豆腐は嫌いではないけれど、鍋の中に入っていると、それでお腹がいっぱいになってしまいそうで、イヤ。「その分、他の具材を食べたいものだ」というさもしい根性のもと、お玉に豆腐がひっかかっても、さり気なくリリースしていたりするのでした。ま、その辺に関しては「人それぞれ」ということで話は収まるのですが、しかし鍋を食べる時には絶対に守るべきことがあって、それは「最後のおじやに、文句をつけてはならない」ということでしょう。

鍋物の最後は、残ったダシでおじや、というのが基本です。うどんや餅を入れるという場合もありますが、特にお料理屋さんにおいては、プロが作ったおじやというのが、最後のお楽しみとして用意されていることが多い。

鍋の、終盤。テーブルの上で、お店の人が鮮やかな手つきでおじやを作ってくれたり、はたまた、ダシだけになったお鍋が下げられて、しばし待った後に再びおじやを満たして登場したり。いずれにせよ、お店の人が鍋の蓋を開けると、半熟状態の卵と小口切りにした緑の葱のコントラストも美しいおじやが湯気とともに登場し、

「わー！」

という歓声が、上がります。

そして、私達が鍋を食べる時に最も誉めなくてはならないのは、このおじやなのでした。おじやには、それまでの鍋の味が全て凝縮されているということになっています。おじや良ければ全て良し、なのであって、

「ダシがしみてる〜」

と、おじやの一口目を食べる時、その日いちばんの陶酔の表情を見せるべき。

一杯目を食べ終わると、お店の人はすぐに、

「おかわり、いかがですか」

と言ってくれることになっています。鍋にはまだおじやがたっぷり残っていて、お店の人はお玉を持ったままで待ち構えている。

この時におじやのおかわりを拒否できる人というのは、精神力が相当に強い人なのであろうと、私は思います。おじやを残すということは、その鍋の全てを否定することのような気がしてしまう私は、かなりお腹がいっぱいでも、「残してはならじ」という気持ちだけで、おかわりを所望したりする。

おじやのおかわりというのは、つまりコンサートにおけるアンコールのようなものなのでしょう。コンサートで最後の曲が終わり、アーティストが舞台から去った時、観客が「では」とさっさと帰ってしまったとしたら、アーティストはどれだけ寂しいことか。観客がいつまでも鳴り止まぬ拍手を贈ることによって、アーティストはまた舞台に登場するのであり、観客がアンコールの手拍子をするのは、アーティストに対する礼儀でもある。

おじやのおかわりも、同じなのです。とても鍋が美味しかったのであれば、たとえお腹がはちきれそうであっても、

「おかわり、いただきます」

と言うのが、店に対する愛情表現というものなのではないかと思います。

実は、「おじやには卵を入れない方が好きなのにな……」と思いつつも、いつも言えない私。

「ご飯の量は、そんなに多くないんですよ」

というお店の人の言葉を信じて、おじやを残さないよう必死に頑張っているのでした。

お砂糖、いくつ？

「前略おふくろ様」のＤＶＤを、たまに見ます。これは、私が子供の頃に放送されていたドラマ。家の電話が黒い！　とか、ショーケン若い！　とか、懐かしい事象がたくさん出てきて、面白いのです。

中でも「おお」と思ったのは、喫茶店でコーヒーを飲むシーンにおいていつも、主に女性が男性に、

「お砂糖、いくつ？」

と聞いているということなのでした。

若い方は知らないかもしれませんが、昔は多くの人がコーヒーを飲む時には砂糖を投入し、なおかつスプーンで砂糖を入れる時も「一杯、二杯」ではなく「一つ、二つ」と勘定していたのです（角砂糖の影響と思われる）。そして男女が喫茶店に

入ると、「お砂糖、いくつ？」と女が男に聞いて、入れてあげていたらしい。

しかし今、そんなことをしてあげる女はどこにもいません。まず、コーヒーに砂糖を入れて飲む人が減ってきたし、入れるとしても、そんなことを他人にやってもらおうという頭は、誰も持っていないことでしょう。

私が、最後に「砂糖を他人のコーヒーに入れる女」を目撃したのは大学生の頃ですから、今から二十年ほど前。友人の中でも尽くすタイプの女の子が、自分のボーイフレンドのコーヒーに砂糖を入れ、かきまぜてあげていたのです。

当時としても、それはかなり異様な行為でした。後からその場にいた友人同士、

「見た？　砂糖入れてたの」

「ビックリしちゃった！　あんなこと、やってあげてるんだ！」

などと、語り合ったものでしたっけ。

「お砂糖、いくつ？」が普通だった時代から今に至るまで、世の中はどのように変わったのかと考えてみますと、一つには男女間の格差が少なくなったということがあげられましょう。女が男のコーヒーに砂糖を入れるというのは、つまり喫茶店におけるお酌的行為。女は男に尽くすのが当たり前かつ美徳とされていたが故であるわけですが、今やその手の意識はかなり薄れてきた。

もう一つ、個人主義の進行というものもあるでしょう。コーヒーに砂糖を入れたいとしても、今の人は好きな分だけ、自分で入れたいのです。自分が考えるスプーン一杯と他人のスプーン一杯は違うのだからして、他人の尺度で砂糖を量られたくない。

スターバックスなどに行けば、個人の趣味に合わせて様々な種類のコーヒーが提供されています。豆の種類も色々あるし、トッピングだって色々。自分なりの複雑な嗜好を、誰もが持つようになりました。

しかし「前略おふくろ様」において、「お砂糖、いくつ？」という台詞を聞いていると、何だか甘酸っぱいような気分になってくるのでした。それは単なる郷愁なのかもしれませんが、相手のコーヒーに砂糖を入れてあげる人は、ちょっと可愛らしい。そしてその時代の人は、誰かから砂糖を入れてもらったコーヒーが多少甘すぎようと苦すぎようと、相手の気持ちを斟酌して、黙って飲み干していたに違いないのです。

その時代に私が青春を送らなくてはならなかったとしたら、「何で私が他人のコーヒーに砂糖を入れなくちゃならないのか」と、ブーブー言っていたに違いありません。が、いつでも個人の嗜好をはっきり打ち出さなくてはならない現代においては、他人が砂糖を入れたコーヒーも文句を言わずに飲むというザックリした感覚が、少し羨(うらや)ましくもあるのです。

というわけで今、喫茶店で誰かから、

「お砂糖、いくつ？」

などと言われたら、

「あイヤ、結構です」

などと言いながら、意外とドキドキするかもしれないなぁと、思うのでした。

お薦めは？

初めて行くお店において、メニューを選ばなくてはならない時。私達がついつい口にしがちなのが、

「なにかお薦めって、ありますかねぇ」

　というものです。

　この言葉を聞いた時、お店の人がとる態度は、二種類。

「そうですねー、こちらの牛テールの赤ワイン煮ですとか、地鶏のソテーなんかは、お薦めですねぇ」

　と、まるで暗記した台詞であるかのようにスラスラ出てくるタイプの人。もしくは、

「お薦めって言われても……、ウチは全部お薦めなんですけど」

と、渋い顔をして言葉を濁す人。

後者の発言は、ごもっともなのです。自信を持って料理している人であれば、どのメニューであろうと「お薦め」に決まっていることでしょう。自分の好みを明確に持っている人にウチの料理は召し上がっていただきたいんですけどねぇ、という自負のようなものが、その発言からは見え隠れする。

対して、前者の発言から読み取ることができるのは、一種の諦めです。本当は、客に自分で考えてメニューを選んでほしい。しかし、

「お薦めは?」

と聞いてくる人があまりに多いので、もうほとほと面倒臭くなってきた。だからこそ人気のメニューを何種類か教えてあげることがほとんどマニュアルと化して、周囲を見回すと多くの客がお薦めメニューを食べていたりするのです。

「お薦めは?」と尋ねずにいられない気持ちは、私もよーく理解できます。初めて訪れた店においては事情もよくわからないので、どうメニューを選んでよいのかわからない。とはいえ、できることならなるべく美味しいものを食べたい。だから、お店の人に頼る。

それは、責任回避願望からくる行動でもあります。自分の責任においてメニュー

を選び、それがイマイチだったとしたら大変なショックを受けることになる。しかしお店の人が薦めたものを食べてイマイチだったとしたら、それはお店の人の責任ということになるのではないか、という心理。

「お薦め」とは、時に「人気のあるメニュー」を意味していたりもします。たとえばデジカメを買う時、あまりに多くの種類の中からどれを選んでいいかわからなくなって、つい「今、売れてます！」という札のついているものを買ってしまったりすることがあるわけですが、それは「多くの人が選ぶということは、それが良いものだからなのであろう」という気持ちがあるから。やはり自分の責任においてではなく、「多くの人」に責任を負ってもらいたいのです。

バーにおいては、

「お薦めは？」

という発言をするのは、圧倒的に女性が多いのだそうです。男性よりもお酒の知識が少ないから、という理由もありましょう。が、私はそこに一種のシンデレラ願望のようなものも、存在しているような気がするのです。

女性達は、バーテンさんが自分のために作ってくれたスペシャルなカクテルを飲むことによって、めくるめくような別の世界を見ることができるのではないか、という願望を持っています。それは、何事も自分で選択する必要に迫られている女性にとっては、ちょっとした「委ねる快楽」というものなのではないか。

お店側としては、あまりにもお薦めを聞かれると、「自分で考えろ！」と、イライラしてくるかもしれません。が、選択に疲れ果てた人々に対して、上手に「あなただけにお薦めします」という態度を見せることは、もしかしたら最上のサービスとなるのかもしれません。

おバカ

関東の人が「バカ」と言うのを聞くと、関西の人にはとてもキツく聞こえるのだそうです。関西において、「バカ」的な言葉といえば、「アホ」。確かに、

「アホやなぁ」

と言われるのと、

「バカじゃないの？」

と言われるのとでは、響きが全く違うものでしょう。

「バカ」慣れしている関東人からしてみると、「バカ」は「アホ」と同様、時には愛情を示す言葉になったりもするのです。恋人同士の間でささやかれる「バーカ」には甘い響きがありますし、林家木久蔵師匠（現・木久扇）が「笑点」においてたまに披露していらした、

「いやん、バカん、そこはお乳なの」

というお色気小唄みたいな歌の「バカん」も、相手をののしったり拒否したりする言葉ではなく、迎え入れる意味を持つ。

しかし、「バ」という濁点つきの音と「カ」というキツい音の組み合わせが、「ア」と「ホ」の柔らかな組み合わせよりも強く響くのは理解できるわけで、関東人が平気で他人のことを「バカ」と言っているのを聞くと、関西の人はびっくりしてしまうのだと思います。

そのせいかどうかはわかりませんが、近年目立つのが、「おバカ」という言い方です。少し前には、「おバカタレント」という人達が流行りもしたものです。「おバカ映画」「おバカなストーリー」といった言い方も、されています。

何事もシンプルを宗とする私は、物事を丁寧に言うための「お」も、極力排除したいタチ。とはいえ「お蕎麦」くらいは使用するのですが、うどんとなると急に「おうどん」とは言いたくなくなるという、まだらな感覚を持っております。

「おバカ」における「お」は、しかし「お蕎麦」の「お」とは違う働きをするためにあります。「お蕎麦」の「お」には、蕎麦という食べ物に対する敬意、そして蕎麦を打った職人さんへの敬意がこもっています。対して「おバカ」の「お」は、

「バカ」という言葉の語感のキツさを薄めるためにある、言わばコーヒーにおけるクリームのような存在。そこに、「バカという存在を丁寧に扱いたい」という尊敬の意は、存在しません。

とはいえ「おバカ」と言うことによって、バカに対する愛着は示しているのです。「おバカ」という言葉は、そう言われる対象が単なるバカではなく、愛すべきバカだということを示している。実際、おバカタレント達というのは、誰もが明るくて人好きする人々だったのであり、彼等の無知さ加減を笑うことによって、テレビ視聴者は楽しい気持ちを味わうことになったのです。

しかし、おバカの「お」は、逃げの「お」でもあります。「私は、相手のことをただバカだと嗤っているわけではありません。ちゃんと『お』をつけることによって、愛情を表現しているのです。それにほら、彼等のバカさ加減って、人畜無害でしょ? そういうことも、『おバカ』って言うことによって伝わりますよね?」と、言い訳をしつつ、「バカ」とののしることによる責任を回避しようとしている。

同じような逃げの姿勢は、「おブス」という言葉にも感じるのでした。「お」をつけることによって「ブス」という言葉が持つキツさを薄め、「別に、ブスだってののしっているわけじゃありませんよ〜」とか、「おブスっていうのは、ちょこっとブスってことで、決してドブスのことじゃありませんから」という姿勢を示しているのです。

しかし私は、バカはバカ、ブスはブスだろうと思うのでした。上方（かみがた）の人からは、いくらあずま人は野蛮だから言葉もキツいと思われようと、物事をオブラートに包まずにポンと言い切るというのが、江戸の人々の特徴。バカだのブスだの言っても、そもそもはその言葉の中に、江戸の人々は愛敬（あいきよう）とか愛情を内包させていたのではないか。

落語の中には、たくさんの粗忽（そこつ）な人々が登場しますが、彼等はどうしたって「バカ」なのです。それは、決して「バカ」という対象のことを嫌いではないし、むしろとても親しい間柄だからこそ「バカ」と言うことができる、と思わせる「バカ」。落語の中の人々のことを「おバカな熊（くま）さん」「おバカな八つぁん」と言ってしまっては、何やらとても気持ちが悪いではありませんか。

いつの間にやら「バカ」が「おバカ」になってしまったのは、今の人々が「バカ」の中に愛情を含ませることができなくなってしまったからなのかもしれません。人との距離を詰めることもできなくなってしまったから、「バカ」と言い切ることもなく、すぐに逃げられるように「おバカ」となる。

してみると、「お」というのはやはり便利な言葉なのでした。他人を非難する言葉にも「お」をつけることによって、可愛い響きになってしまう。「下品」と「お下品」の差、「下劣」と「お下劣」の差を見ても、「お」が持つ力の強さを知ることができましょう。根っからの極悪人であっても、「おワル」などと言われてしまった日には、何をされても許さなくてはいけないような気分になってくるではありませんか。

「お」というのは、時に物事を和らげる効果を持つ便利な言葉ですが、何でもかんでも和らげるという意味で、実は危険な言葉。何にでも「お」をつけることによって、実はキツいことをバンバン言わないように、気をつけたいものだと思います。

II

会費はいくら？

ごく若い頃、私は男性と食事をする時、どのように会計の件を口にするべきか、いつも悩んでおりました。当時は『ポパイ』的な雑誌に、デートの時に男性はどのように振る舞うのがスマートかといった指南が色々と書いてありましたが、女性に対するアドバイスはあまりなかった。

「おごってもらって当然、という子にはムカツク」

といった類（たぐい）の証言は載っていましたので、「なるほど、ごっつぁん体質にならないように気をつけなくてはいけないな」とは思ったものの、「ごっつぁんです」にならないためには、具体的にどのような発言をしたらいいのか、わからなかったのです。

「今日は僕が払うから」

と明言してくれる人に対しては、

「えーそんなぁ。いいんですか？」

と言っていればよかったのでまだラクでしたが、特に何も言わずに自分で会計を済ませる男性は、おごってくれるつもりなのか「当然、半分払ってくれるよね」というつもりなのか、はたまた「できれば少しは払ってくれると有り難いんだけど」というつもりなのかがわからず、レジ前で呻吟したものです。

しかし一方で男性というのは、プライドの高い生き物でもあるようなのでした。レジ前で、

「いくら？　半分払うわ」

などと言ってしまうと、彼らは「そんなことを人前で言うな」という気分になるらしく、妙に不機嫌な顔で「いいよ」などと言ったりした。今思えばあれは、「本当は割り勘にしたかったのにプライドが傷つきそうになったので、おごりたくもないのにおごる羽目になったが故の不機嫌顔」であったのだなぁ、と理解できるのですが。

とりあえず会計は男性に任せ、店を出てから会計の分担率に関する話し合いはするべきだ、ということを次第に悟った私でしたが、しかしそれでも何と言うべきか

は難しい。

「払ってもらっちゃっていいの？」

では「ごちそうしてくれ」と言っているようだし、

「半分、払うわ」

では少し生々しい。お財布を取り出してもじもじしてみると、男性側からの何らかの提案があったりもしましたが、気付かないのか気付かないフリなのか、無視する人もいるし。

そんなことを割と真剣に悩んでいたある日、男女二人ずつで食事をする機会があったのでした。この手の会の時は、男性がおごってくれるか、男性の方が少し多く払うか、はたまた全くの均等割りかと様々なパターンが考えられるので、会計時にどのような態度を取ったらいいのかがまた、難しい。どうしよう……と思っていたところ、同席していた年上の女友達が会計が終わってから言ったのは、

「で、会費はいくら？」

というもの。すると男性は、

「えーと、じゃあ女の子は五千円ね」

と、スムーズに返してきた。

私はその時、「ナルホド！」と、膝を打つような気分だったのでした。男性と二人で食事という時も、

「会費はいくら？」

であれば、相手に心理的負担をかけずに済むし、プライドも傷つけない。もちろん、

「いいよ、今日は俺が」

となる時もあれば、割り勘であっても、

「じゃあ、○○円ほど」

と、具体的数字を提示しやすいのです。

以来、関係性があまりはっきりしていない男性と二人で食事をする時はいつも、

「で、今日の会費は……？」

と言うことにしている私。これは男女間のみならず、上司と部下のような「おごってくれるんだかくれないんだかハッキリしろ」的な関係においても有用な言葉ですので、是非一度お試しくださいませ。

蟹食べてると……

上海蟹が日本でポピュラーな食べ物になったのは、いつ頃だったでしょうか。最近ではすっかり、「上海蟹」の文字を見ると、「秋ねぇ」などと思うようになっています。

私も、上海蟹は好きなのです。が、特に好きなのは、「誰かが身を取ってくれた上海蟹」。他人が剥いてくれた果物がおいしいのと同様に、自分の手を汚さずにして身だけ食べればいいという状態は、非常に楽ちんなのです。

しかし、私が「他人が身を取ってくれた上海蟹」を好むのは、ただ蟹をほじくるのが面倒臭いからだけでは、ありません。たとえばあまり気心の知れない人と上海蟹を食べている時、誰かがつい言ってしまう、

「蟹を食べる時って、みんな無口になるよね」

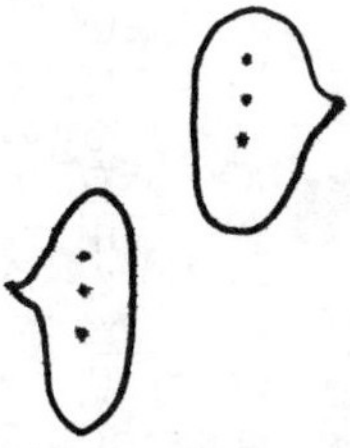

という台詞を聞くのが、嫌なのです。

蟹を食べている時は、無口になる。従って、テーブルがしーんとする。これは、誰もが知っている蟹セオリーです。あまりにも周知の事実であるため、いい大人になってくれば、

「もういい加減、そのことを言うのはやめようや」

という暗黙の了解があったりもする。

しかし中には、その暗黙の了解に気付かない人も、いるのでした。ものすごく気の利いた発見をしたかのように、

「あのさぁ、蟹食べてる時ってさぁ、みんな無口になるよね！」

と生き生き言われると、「どう反応してよいものやら」と、困ってしまう。

私自身がもっと大人であれば、そんな人に対して、

「あっ、そういえばそうですよね。みんな蟹を食べるのに夢中で、話さなくなっちゃうんですね！　あっはっは、面白ーい」

と、「今初めて気付きました」的な対応をしてあげられるのでしょう。が、私はあいにくその手の懐の深さと言うか優しさを、全く持ち合わせていないタイプ。

「そうですね」

程度の気の無い反応しかできず、「ただでさえ蟹を食べるのにイラついてるんだから、そのイラつきに拍車をかけるようなことは言わないでくれないかなー」とか、思っている。

ですから上海蟹の姿蒸しを食べる時、お店の人が身をほじくってくれると、私はホッとするのでした。「これで『蟹食べてると、無口になるよね』っていう台詞を聞かなくて済む！」と、思うから。

この台詞をつい言ってしまう人というのは、決して悪い人ではありません。温泉に浸かった時に「ア〜」と唸らないことには温泉に入った実感が湧かないように、「蟹食べてると……」と言わないと、蟹を食べた気にならないのかもしれない。また本当に、「蟹食べてる時は無口」ということを世紀の大発見だと思って、親切心で皆に知らせようとしてくれているのかもしれないし、単に沈黙に耐えられないタイプなのかもしれない。

しかし、蟹の時に人が無口になるというのは、

「牛乳を温めるとさぁ、上に膜ができるよね」

というのと同じくらい、ほとんど物理的に自明なのであり、

「蟹食べてる時にそれ言うの禁止！」

と、言いたくなる。

しかし私は単に、蟹をほじくっている時に余計な口をききたくないだけなのかもしれないなぁとも、思うのです。脚の肉がきれいに外れた時の快感、とか。爪の先までスルッと抜けた時の絶頂感、とか。その手の気分を一人で存分に味わいたいのに、

「蟹食べてる時ってさぁ……」

という話に生返事をしたくない。

蟹を食べる時は、沈黙もまた調味料の一つなのでした。黙るなら黙るということで、余計な口をきかずに蟹に集中することが、蟹をよりおいしく食べる秘訣ではないかと、思う私を、どうかそっとしておいて下さいませ。

嫌いじゃない

「嫌いじゃない」とか「悪くない」とか「不味（まず）くない」とか「馬鹿（ばか）じゃない」とか。否定的な言葉を否定することによってそこはかとない肯定感を出す、という言い方がありますが、その手の言い方が私は「嫌いじゃない」のです。

たとえば、

「私、ファミレスって嫌いじゃないのよね」と言った時、「私」は「ファミレス」に対して確実に好意を持っているわけですが、そこには、テレとかちょっとした躊躇（ちゅうちょ）といった感情が、隠されているものです。

ファミレスといえば、名前の通りファミリーでも行けるような手軽でカジュアルなレストランではあるが、深夜も開いているし適度に人を放っておいてくれるし食事はそこそこおいしいし、実は「好き」と言ってもいいくらいの感情を私は持って

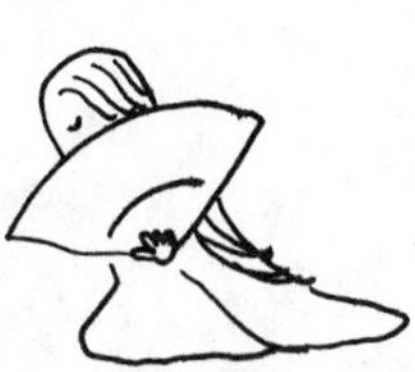

いて、でも港区のイタリアンとかにも行っている手前、「ファミレスって大好き」とか言ってしまうと何となくあざといって感じもするし……。という感覚が、「嫌いじゃない」という表現を生むのでありましょう。

また、

「僕はあなたのことを、以前から憎からず思っていたのですよ」

といった表現からは、弱腰外交的な姿勢が感じられるものです。「僕」は「あなた」に好意を持っている。だからといって好意を押しつけようという気持ちは毛頭ないのだが、「好意」という手の内のカードを、チラリとはいえ確実に見せることは見せたのだから、あとは「あなた」の出方次第なのですよ……。と、責任を相手に預けたような、自分が傷つくのを極力回避したような言い方。

否定語を否定するという言い方は、つまりちょっとズルいのです。自分が安全地帯に立った上で、「まぁご参考までに……」という感じで、あいまいにおずおずと、好意を差し出す姿勢からは、何かコトが起こったら割と素早く逃げていきそうな気配を感じる。そして私も、

「とはいえまぁ大人なのだから、『好きだ好きだ、大好きだーッ！』とは言えないわなぁ」

と、この手の言い方を愛用するのです。

この手の言い方は、しかし昨日今日開発されたものではないのでした。『源氏物語』など読んでいると、「いやしからぬ」「浅からぬ」「けしうはあらず」「あはれ少なからぬ」等々、この手の言い方が非常に便利に使用されているのです。平安時代の都の貴族達の生活においては、感情をストレートに表現するのは下品な行為とされたでしょうから、遠回りしてから目的地に達するような言い方が発達したのだと思う。

ぼかしながら、回り道をしながら、何となく感情を伝える。受け取った方も、相手がどのような回り道をしたのか察しながら、その感情を読み取る。それはほとんどゲームのような感覚なのであり、そのゲーム性は、今も私達の生活の中に残っているのではないか。

しかしそのゲームは、色々な意味で余裕を持っていないと、楽しむことができないものです。切羽詰まった状態においては、「好き」は「好き」で、「嫌い」は「嫌い」と言うしかないでしょうから。

あいまいに、遠回りして、何となく、感情を伝える。そういった話し方を平成の世の今でもできるということは、まぁまぁ我々が余裕のある幸せな生活を送っていることの証左なのかもしれないなぁと、思うのでした。

ごちそうさまでした

諸外国において、「いただきます」「ごちそうさまでした」に該当する挨拶(あいさつ)があるケースは少ないのだそうです。

私達の場合は、「いただきます」と言わないうちに食べてしまうのは何となくお天道さまに申し訳ないような気がするし、また「ごちそうさまでした」と言わないと、食事が終わった気がしない。

子供の頃、自分の皿にまだ食べ物が残っているのに席を立ったりした時、

「もうごちそうさまなの？」

などと親から言われた記憶がある方も、多いことでしょう。「もうごちそうさまする」「まだごちそうさましない」というように、「ごちそうさま」という言葉は、食事を終了することそのものを指したものでした。

「ごちそうさま」的な言葉が無い国の人達は、どのように食事を終えているのでしょうか。おそらくは、食べ終わった人から何となく席を立ったりしているのでしょう。「食事が終わったということを他人に宣言する必要がどこにあるの？」という感覚かもしれません。

しかし私達は、おそらくそれでは気持ちが悪いのです。何となく始まって何となく終わるというフェイドイン・フェイドアウトではなく、始まりと終わりがきっちりわかる、カットイン・カットアウトを好む傾向がある。きっちり始まりきっちり終わる日本人の食事は、時に神事のようなのでした。

一粒の米に神を見てしまう私達にとって、食事は確かに神聖なものなのでしょう。なにしろ、「馳走（ちそう）」という言葉に「御」と「様」をつけたのが、「ごちそうさま」です。食べ物に対する敬意のこもった実に良い言葉であるなぁと、今になってみると思うものです。

しかしそんな「ごちそうさま」は、時に「おごってくれてありがとう」という意味の言葉にもなるのでした。食事代を誰かが払ってくれた時は、食べ物に対してではなく、その人に対して、

「ごちそうさまでした」

と言うのが、ならわし。この人、おごってくれるのかなぁ、ま、おごってくれるんでしょうねぇ、みたいな時も、まだ会計が終わっていないうちから、おごってくれそうな人に対して、

「ごちそうさまでした」

と言ったりすることもある。だからこそ「ごちそうさまでした」ばっかり言っているような人は、「ごっつぁん体質」になるわけですが。

してみると「ごちそうさまでした」という言葉には、いささかの無責任感がつきまとうような気もするのです。子供の頃は、頼まなくても絶対にごはんを作ってくれると信じていた親に対して「ごちそうさま」と言っていたし、おごってもらう時はおごってくれる人に対して「ごちそうさまでした」と言っていた。「食べることは、他人まかせ」という気分を前提に、「ごちそうさまでした」と言っていたのです。

しかし大人になると、「ごちそうさまでした」と言う対象は、違ってきます。親がごはんを作ってくれるわけでもなく、作るのであれば自分。いつも誰かがおごってくれるわけでも、ない。

しかしそれでも私達は、食べ終わった時に「ごちそうさまでした」と言わないと、

気持ちが悪いのです。自分で食事を作って自分で食べて、

「ごちそうさまでしたー」

と言うと、それは確かに、食べ物そのものとか、食べ物を与えてくださった天に対して言っているような気持ちになるもの。そして、「ああ、私も大人になったものよのぅ」という気分になってくるもの。

「ごちそうさま」。それは確かに、小さな祈り。私達はどこの国の料理をどれほど楽しもうとも、きっとこれからも一日三回の小さな祈りを、捧（ささ）げ続けるのでしょう。

ご予算は？

レストランにおいて料理の選択に迷っていると、「ご予算」というやつを聞かれることがあります。

「ご予算に応じてメニューを作らせていただくこともできますが……」

といった感じで。

私は、この「ご予算」という言葉を聞くと、いつも何となく困ってしまうと同時に、「みんな、予算なんてものをあらかじめ考えてから食事に来るのだろうか？」と、少し不思議な気分になるのでした。

もちろん、時と場合によってざっくりとした価格の設定をして、店を選んでいるのだとは思うのです。大切な得意先を接待するのだからこの程度のレベルは必要、とか。会社の部下に奢（おご）る時はあんまり高くない店がいいな、とか。

しかし普通に食事をする時に、人は「じゃ、今日は一人五千円くらいだな。六千円になっちゃうと、ちょっと厳しいな」みたいなことは考えているのかどうか。

私は、あらゆる場面において予算というものを考えるのが苦手なタチなのでした。会社員をしていた頃も、予算とか見積もりといった文字を見るだけでぞーっとして、「まだやってもいないことにどれくらいお金がかかるかなんて、わからないヨー」と、会社員にあるまじきことを思っていた。

また、海外旅行の計画をしようという時などにしても、経済観念のしっかりした友人から、

「で、どれくらいの予算にする？」

と聞かれると、別に旅行積み立てをしているわけでなし、「あまり高いのも困るけど具体的にどれくらいって言われても……」と、ポカンとしていた。

そんな私ですから、食事をする時に予算などというものを考えているはずがない。メニューの中で一番高いようなものは何となく避けるけれど、最後のお会計の時にトータルの金額が多ければ、

「おっ、高い……」

と思うし、安ければ、

「ラッキー」

と思うという、その程度。

ですから、スマートに「ご予算」というものを提示して、どの程度の料理にするべきかを選択できる人を見ると、「すごいなぁ」と思うのでした。大人であるなぁとも、思う。

が、しかし。一緒に食事をする人が、あまりにも明確な「ご予算」を考えていると、そこはかとなく寂しいのも、事実です。その「ご予算」とはつまり、一緒に食事をする人物の価値を金額に置き換えたようなもの。せいぜい海老(えび)チリ程度のコースを予定していたのに、

「やっぱり北京ダックとフカヒレと燕(つばめ)の巣が入っているコースがいいなぁ」

と私が言い出したりしたら、相手の人はその「ご予算」からはみ出た部分を、どう処理しようとするのかなぁなどと、うっすら思ってみる。

頻繁に接待をしなくてはならない人を見ていると、

「相手が高い店に行きたがっちゃって、参るよ」

とか、

「得意先がいきなり想定外の高いワインを注文するから、肝を潰(つぶ)した」

といったことを言うものです。会社のお金で接待する場合は、接待費用の規定などもあって大変なのでしょう。会社で仕事をするということは、あらゆる場面において予算というものを考えなくてはならないということなのだなぁと、「あらかじめ」という言葉自体が苦手な私としては、思うわけです。

しかし「ご予算」とは、それ以上は絶対に払えないという金額ではなくて、その程度で収まると気持ちいい、という金額。予算が高ければ高いほど良いというわけでもないわけで、その店に適した予算を言うことができる人は、やっぱりちょっと格好よく見えるのでした。

コラーゲンたっぷり

白濁したスープに入った鶏（とり）の水炊きとか、すっぽんの丸鍋（まるなべ）とか、ブリブリした煮（に）凝（こご）りの類とか、その手の料理がお店で出てくる時、必ずお店の人がサーブしながら言う言葉は、

「コラーゲンたっぷりですから」

というものです。

その時のお店の人の表情は、麻薬常習者に麻薬をそっと手渡す人のような、はたまたSM愛好者にそっとムチを手渡す人のような、そんな感じ。つまり、「わかってますよ」という秘密を共有する意識と、「感謝しろよ」という恩着せがましい感じを、その言葉は内包しているのです。

そう言われたなら、女性客は満面の笑みで、

「うわぁ、嬉しい！」

と言わなくてはならないことになっています。ここで、

「ああそうなんですか」

くらいで済ませるのはお店の人に対して失礼というものなのであって、メンバーのうちの誰かは、

「じゃあ、明日の朝は、起きたらお肌がプリップリですね～」

という定型文を口にするというところまでが、一応の礼儀となっている。

さらに定型文の範囲を広げるならば、そこでメンバーの中の男性が、

「じゃあ俺も、明日の朝はお肌プリップリかなぁ」

みたいなことを言って、

「〇〇さんは必要ないじゃないですかー」

と女性から言われて一同笑う、と。

そういったことを言っていると、お店の人はもちろん、

「ええ、皆さん明日の朝は、お肌がツヤツヤのはずですよ」

といったことをおっしゃるわけですが、この時、お店の人が女性、特に女将だったりした場合は、客の側はさらにもう一つの定型文を言わなくてはならないことに

る。

「うわぁ、お肌がすっごくきれい！」

と、言わなくてはならない。

これは別に、女将の機嫌をとるために言うのではありません。もちろん、美肌の湯の女将としては肌に気を遣っているでしょうから、誉められれば嬉しいとは思います。しかし女性客としては「せっかく休暇を取り、安くはないお金を支払って温泉に来ているのだから、少しでも美肌効果を得ずしては帰れまい！」と思っているのであって、そうなると女将の肌が普通レベルより下であっていいはずはない。たとえ女将の肌が特別にきれいではなかったとしても、女性客は自分自身を満足させる為(ため)に、女将の肌を誉めるのです。

料理屋さんにおいても、同じことが言えるのでしょう。私達は「明日は肌がきれ

いになっているはず」という自己暗示をかけるために「コラーゲン！」と連呼し、

「明日の朝はプリップリ！」

と叫び、女将の肌を誉めるのです。それはもうほとんど、言霊（ことだま）信仰に近い。食事に対して、機能性と費用対効果を強く求める女性が多い、昨今。それがたとえ寒天であっても、

「コラーゲンたっぷりですよ」

という言葉とともに供されたら、翌日の朝の肌の調子は良くなるのではないか、と思われるのでした。

これは、何ですか？

カウンターをはさんで、料理人さんと相対（あいたい）する。

これは、食べることが好きな人にとっては非常に楽しいスタイルですが、時として緊張を強いられるスタイルにもなります。

お寿司屋さんのカウンターに座るようになってまだ日が浅いという頃、どのタイミングで、

「アナゴください」

と言えばいいか迷わなかった人が、いるでしょうか。意を決して声をかけようとした瞬間、お寿司屋さんと他のお客さんとの会話が始まってしまい、

「アナっ……」

などと意味不明の叫びを残したまま絶句、といった体験は、誰にでもあるでしょ

う。

カウンター割烹（かっぽう）のようなお店においても、私はしばしば緊張するのです。板前さんとどんな話をどの程度したらよいのかということが、常にそこはかとなく気になってしまう。

あの手の場所においては、板前さんとじっくり話し込みすぎるのも、他のお客さんを白けた気分にさせてしまって申し訳ないものです。が、板前さんと全く会話せずに黙々と食べたり、同行者とだけ話していたりするのも、その手の店に行った意味がない。

よく行く店であれば、会話などどうとでもなるわけですが、問題は馴染（なじ）みの薄い店に行った時です。そして私が、そんな状況下でつい言いがちなフレーズが、

「これは、何ですか？」

というもの。知らない料理や知らない食材が出てくると、「会話のネタができた」とばかりに、

「これは何ですか？」

と、意気揚々と質問するのです。

材料が何かを知りたいというよりは、その場における沈黙を何とかしたいという

気持ちで連発する「これは何ですか？」であるわけですが、しかしこのフレーズで始めた会話は、あまり長続きしないのも特徴なのでした。

「○○産の××鯛(だい)です」

と説明されて、

「なるほど、○○ですか。今の時期は○○がいいですよね」

くらいのことを言うことができれば会話も弾むのでしょうが、たいていの場合、私は○○も××も知らない。

「で、その○○っていうのはどこなのですか」

とか、

「××鯛っていうのは本当に鯛の仲間なんでしょうか。それとも軽井沢の近くにあるからナントカ軽井沢っていう地名にしちゃった場所みたいに、なんちゃって鯛なんでしょうか」

と重ねては聞きづらい感じ。結局、

「はぁ」

などと答えて、会話はそこで終了。

人間関係において、相手に何か質問するということは、相手に対する愛を示す行為です。相手に対して興味を抱き、もっと親しくなりたいからこそ、「趣味は？」とか「好きな食べ物は？」と、矢継ぎ早に質問が出てくる。

しかし質問は、時としてその場しのぎのための行為でもあるのでした。片言の英語を駆使して外国人と話さなくてはならない時、出てくるのはやはり、「趣味は？」「好きな食べ物は？」といった質問ばかり。それは愛によるものではなく、緊張が強いられる関係において成立するコミュニケーションが、質問とその回答だけだからなのです。

店と客の間で行われる、「これは何ですか？」及びその回答という会話も、愛によるものもあれば、その場しのぎのために行われるものもあるわけで。普段の生活において、誰かから色々と質問されたからといって、「この人、私に興味があるのね」などと自惚（うぬぼ）れない方が良い時も、多々あるのでしょう。

今度、ごはんでも

年賀状にはしばしば、

「今年はお会いしたいですね」

などと書いてあるわけですが、そのように書いた人と本当にその年に会う確率は、ほとんどゼロに近いものです。年賀状における「今年はお会いしたいですね」というのは、往々にして「他に書くことが無い……」という時に使用する常套句（じょうとうく）となっているのでした。

日常生活においては、

「今度、ごはんでも行きましょうよ」

といったことが、よく言われます。お酒が好きな人であれば、

「今度、飲みにでも行きましょうよ」

だったりすることもありましょう。

この場合の「ごはん」もしくは「飲み」は、年賀状における「会い」よりも、かなり高い確率で実現するものです。面と向かって言う「ごはんでも行きましょう」は、ハガキに書く「会いたいですね」よりはさすがに、真実味は高くなる。程度の差こそあれ、ある程度の好意がそこには存在するのであって、「ごはんに行こうって言われちゃった！　もしかしてあの人、私のことが好きなのかも？」と舞い上がったりする場合もあるのです。

が、「今度、ごはんでも」と言われたからといって、必ずごはんが実現するかといったら、それも違うようです。

「あ、そうですねぇ。行きましょう！」

と答えて期待して待っていたのに、待てど暮らせど実際の誘いは来ない、というパターンもしばしばありますね。

この「今度」というやつに、どの程度の態度で応(こた)えればいいのか。これは、大人になってもよくわからない問題です。「今度、ごはんでも」と言われた次の瞬間、

「いいですねぇ。で、いつにします？」

と答えるのでは、あまりにもがっついている感じ。かといって、

「あ、そうですね〜」

だけで終わるのでは、やる気が無さすぎる感じ。メール時代の今は、「今度、ごはんでも」「いいですね」「いつがいいですか」「そちらのご都合は」「私はいつでも」「ではまたご連絡します」みたいな、一向に計画が具体化しないメールが延々と続くのが面倒になったりもするものです。

そんな中で思うのは、

「今度、ごはんでも行きましょうよ」

と、

「今度、ごはんに行きましょうよ」

とでは、「今度」の実現率にも違いがあるのでは、ということ。つまり「ごはんでも」となる前者の方が実現率は低く、後者は高い。

「でも」がつくと、そこには「ごはんでも飲みでも、まぁ場合によっちゃお茶でもいいですしね。ま、ちょっと言ってみただけです」といった曖昧感が生まれます。相手にプレッシャーを与えないために「でも」という曖昧語をつけるのだ、という話もありますが、しかし「でも」は同時に、自分にかかるプレッシャーと責任をも軽減している。

対して「ごはんに行きましょう」という誘い方は、明快です。ごはんを食べるという目的が、はっきりしている。何だかこちらの方が、「ごはん」の味も、おいしそう。

好もしい人物から「今度、ごはんに行きましょうよ」と言われると、ちょっと嬉しいものです。「どうせそんな『今度』はやってこないのだろう」と思われる「今度」と、「どんなごはんを食べ、どんな人と会えるのか」と思える「今度」の違いは、ずいぶん大きいのでした。さあ、「今度」のごはんは、一体どこで、誰と……?

直箸、失礼します

先日、上海に行ってきました。中国に行くとホッとするのは、食事のマナー的なものに、さほど気を遣わなくてもいいこと。中国の人も、

「どんな高級レストランに行っても、きらーくに食べればいいのよ」

と言っていましたっけ。

確かに彼(か)の地の人々を見ていると、骨だの殻だのといったものはペッペッと口から吐き捨てるし、大皿から自分の箸(はし)でそのまま料理を口に運ぶし、全く細かいことは気にしない様子が、豪快かつ爽快(そうかい)。

これが日本であったら、口中に残った骨は、片手で隠しながらそっと出さなければならないし、大皿の料理は取り分け用の箸で取るとか、自分の箸を逆さにして取らなくてはならないというのに。

そういえば韓国においても、ずらりと並んだ色々なおかずを、皆が直箸でそのまま取って、食べていたのでした。「直箸禁忌文化」の中で育った身としては、その感覚が結構新鮮に思えたものです。

なぜ日本では直箸に対する禁忌感が強いのかと考えてみると、それはすなわち他人との距離感の問題なのではないかと思います。

直箸を特に躊躇しない中国や韓国では、最初から相手にググッと近付いていく印象があるもの。対して日本において、他人と自分の間にある障壁は、他の二国より大きい。だからこそ日本の食卓においては、「銘々皿」というのがやたらとたくさん必要で、皿洗いが大変となるわけですが、我々の中には「個人の陣地をきちんと決めておきたい」という心理があるのではないかと私は思います。

私達にとって大皿料理とは、公共の領域なのです。公共の領域に自分の箸を直接つけたのでは、大皿に個人的なにおいが移ってしまう。おおげさに言うならば、ケガレ感がそこに付着してしまうという感覚が、私達の中にはあるのではないか。

が、しかし。取り分け用の箸がない時、箸の反対側で取るという行為を見ていると、「そっちの方が本当はよっぽど不潔なのでは？」と、私は思うのでした。多少の唾液が付着した箸先と、人の手がたくさん触れている箸の反対側とでは、冷静に考えれば前者の方がよっぽど清潔。……なのですが、それでも「箸先は料理につけないようにして、公共の場の平穏と清浄を私は守っていますよ」というポーズをとることが、ときには実際の清潔さよりも、我が国の食事現場においては優先されるのでした。

そして私は、カジュアルな会食の場面においては、取り分け用の箸を使ったり、箸を逆向きにして取り分けたりするのに、いつも面倒臭さを感じてしまう者。ですからいち早く、

「直箸、失礼します！」

と宣言して、自分の箸で料理をつまんでしまうのです。鍋物すら他人とつつき合うことができないという潔癖な人がいると言いますから、その手の人からしたらさぞや迷惑な存在なのだと思うのですが、やっぱりその方がラク。

「直箸、失礼します」というセリフは、私の大学時代の体育会生活に由来します。ミーティングでは必ず正座をしなくてはならなかったのですが、靭帯(じんたい)を伸ばしたりして正座ができない人は、「脚、失礼します！」と言うのが決まり。上級生になると煙草(タバコ)を吸うことが許されるのですが、その時も「煙草、失礼します！」と言ってから吸わなくてはならない。その他、「アイスクリーム、失礼します！」とか「お

かわり、失礼します！」とか、何でも「失礼し」まくっていた私には、今になっても「失礼します」癖が残っているのでした。

そんなわけで、「直箸、失礼します！」とついつい宣言してしまいがちな、私。しかしそう言うと、周囲の人も何となくホッとしたような顔をしているように見受けられるので、失礼してもまぁよかったのかなぁ、と思うようにしているのでした。

してあげる

ここしばらく、料理番組において流行っているのだけれど私の大嫌いな言い方があります。それは食材に対して、「……してあげる」

という言い方。

たとえば青菜を茹でたとしたら、

「はい、では茹であがった菜っ葉を、いったん氷水に浸してあげて、熱をとってあげます。それから、水気を絞ってあげてください」

という風に。

はたまたじゃがいもを蒸かしたならば、

「じゃがいもはね、熱いうちに皮をむいてあげてくださいね。むき終わったら、マッシャーで軽くつぶしてあげます」

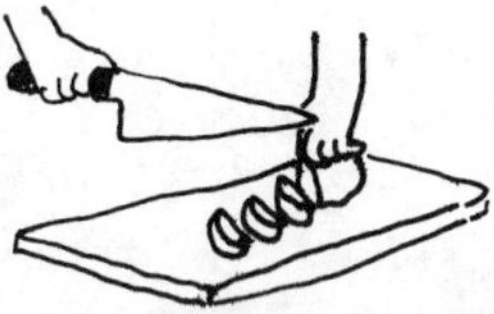

などと。

この、食材に対して「してあげる」という言い方が広まったのはおそらく、

「じゃがいもは皮をむいてから、つぶします」

と言うより、

「じゃがいもは、皮をむいてあげてからつぶしてあげます」

と言った方が優しく愛情を持って料理をしている感じが出るからなのだと思います。が、聞いている私としては、どうにもその言い方が気持ち悪くてならない。

「してあげる」というのは、生物それも主に人間に対して使用する言い方だと私は思っていました。相手のためを思って、相手に利益になるように何かをすることが、「してあげる」なのではないか。

対して食材というのは、動物ではありません。肉や魚はかつて生き物ではありましたが、既に死んでいる。ま、野菜などの植物にも命はあるし、「日本人は一本の草にも神を見るのです」とか言われるとそれまでなのですが、しかしあくまで食材は「物」。それを生き物扱いすることが、何かぬいぐるみと話しているような気持ちの悪さを感じさせるのです。

さらに、料理の先生は切ったりつぶしたり熱い油に投入したり炒めたりと、食材

に対してかなりの乱暴狼藉を働いています。だというのに「してあげる」と言うと、いかにも愛情を注いでいるかのように聞こえるではありませんか。

人は、牛や鶏や魚を殺してその肉を食べ、はたまた葉っぱや果実や根っこを刈り取って食べています。が、「してあげる」という言葉は、人間が食べていくことの根底に存在するエゴを覆い隠してしまいます。本当はかなり無茶なことをして私達は食欲を満たしているのに、「してあげる」というと、まるで善行でも積んでいる感じに。

「してあげる」という言い方が流行るのと同時期に、人はペットに対して「エサをやる」と言わずに、「ごはんをあげる」と言うようになりました。そして犬は犬と言われず、「わんちゃん」と言われるようになってきた。ま、これもまた、ペットに対する愛情を表現したいがための言い方だとは思うのです。

しかし「してあげる」にしても「ごはんをあげる」にしても、その手の言い方をすればするほど、人間のエゴはかえって浮き彫りになる気がするのです。犬の首を鎖につなぐのであれば、「エサをやる」でなくては、かえって犬を馬鹿にすることにならないのか。

「菜っ葉の水気をしぼってあげる」と言うくらい愛情を持っているならば、人間の勝手で野菜の品種改良などしなければいいし、「わんちゃんにごはんをあげる」と言わずにいられないのなら、常に鎖につながれた自分の飼い犬の一生を思う時、よく冷静でいられるものだと思う私。

時には、丁寧な言い方をしない方が愛、ということもあるのです。

していいですか？

我が国には、誰かと対峙(たいじ)した時に、まずはへりくだることが礼儀、という精神があります。特に初対面の相手と話す時などは、自分を下に置いておけば間違いはないということで、人はたいていへりくだっている。へりくだりの姿勢に不足があると、最近ではすぐ「上から目線」などと言われることになってしまうのです。

しかし、へりくだりすぎるとそれはそれで変だったりするわけで、昨今評判が悪いのは「させていただく」という言葉。芸能人が、結婚を発表する記者会見で、

「この度、女優の○○さんと結婚させていただきます……」

などと言っていたりすると、「結婚くらい、誰はばかることなく勝手にしてもらっても、一向に構わないのですが」という気分になるものです。

とはいえ「させていただく」は、便利な言葉。「私はあなたより下にいる者なの

ですーっ!」という意思を伝えたいあまり、私もしばしば使用してしまいます。

同じように、内心では「どうなのよ?」と思いつつ使用しがちなのが、「……していいですか?」という言い方なのでした。これは、

「今夜、あなたの家に泊まってもいいですか?」

などと、本当にそれをしていいのかどうか確認するために使用する分には、普通に聞こえる言い方なのです。が、絶対に断られるはずがない頼みごとの時に「いいですか?」を連発されると、「そんなにへりくだらなくてもいいだろうに」と思えてくるもの。

たとえばレストランにおいて、

「メニューをもう一度見せていただいてもいいですか?」

とか、

「グラスワインをもう一杯いただいてもいいですか?」

と言う人がいると、「メニューを見せていただけますか?」「グラスワインもう一杯お願いします」でいいだろうよ、と思う私。

その食事が明らかに誰かの奢りで、奢ってくれる人に対して、もう一杯ワインを頼んでもいいかどうかを確認するのであれば、「いいですか?」もアリでしょう。

しかし店の人は、メニューとかワインといった依頼に対して、絶対に「いやです」とか「駄目です」とか言うはずがない。

「かしこまりました」

と確実に言うことがわかっている相手に対して「いいですか?」を連発していると、次第に相手のことを馬鹿にしているかのようにも聞こえてくるのです。

「いいですか?」という言い方は、相手の許可を得るためのものです。「駄目だと言われたら引き下がりますが、もしよかったら私の願いを聞いていただけると非常に有り難いのですが……」といった気分が、そこには込められている。

しかし、断られるはずがない相手に対して「いいですか?」と言う人の本当の希望は「メニューを持ってきて」「ワインがほしい」という命令であるわけで、その本音と、「私は、自分の望みを傍若無人に口にはしません。許可をいただいてからでないと……」という建前との距離があまりに離れているからこそ、「いいですか?」に違和感を感じるのでしょう。

つまり、許可されることを前提としての「いいですか?」を言う人は、へりくだっているようでいて、本当は全然へりくだっていないのです。それどころか、「私がこうやって下手(したて)に出れば、あなたはさらに私よりも下にいかなくてはならないわいいですか？」でもあるわけで、「グラスワインをもう一杯いただいてもいいですか？」と言うことによって、お店の人を精神的にはいつくばらせていると言ってもいいのではないか。

時には、「いいですか？」は、高圧的に聞こえることもあります。たとえば、「これ、どうも気に入らないのだけれど、返品してもいいかしら〜？」という言い方には、「NOとは言わせないわよ」といった迫力がこもっている。「いいですか？　いいに決まってますよね」という、あえて許可を求める形式をとることによって、否定を許さないのです。

へりくだる言葉というのは、このように相手を尊重しているのだかいないのだか、時にわからなくなることがあるのでした。「させていただく」にしても、「今日、○○さんのお姿を拝見させていただいて、とても嬉しく思わせていただきました。ではこれで、失礼させていただきます」などと、どうでもいいようなことまで「させていただく」を連発したりすると、「そんなに距離を取られてもなぁ」と相手は孤独感を感じたり、「ていうか、やっぱり馬鹿にされてるわけ？」と思ったりするもの。

謙譲語というのは、相手を立てるようでいながら、実は相手の攻撃から身を守るための、防御の言葉なのかもしれません。自分を下にさえ置いておけば、相手を怒らせる心配もないし、万一怒らせたとしても、相手の刃（やいば）が届かないくらい「下」に身を置くことによって、自己の安全を確保することができる、というような……。

　謙譲しすぎる人の言葉が、時に人をイラつかせるのは、だからなのでしょう。何かを言っては頭をひっこめ、何かを言ってはまた逃げる。そんなあまりに自己保身に走りすぎる姿勢が、潔くないと思われるのではないか。

　とはいえ、偉くて恐（こわ）そうな人の前に出たり、慣れない場に出たりする時は、ついつい「させていただ」いたり、何かするにもいちいち「いいですか？」と聞いたりしてしまうもの。とりあえず自分を下に置いておけば安心できるというのは、儒教文化圏の国に生まれた者の、サガなのでしょうかねぇ……。

昭和

ファッションの世界では、八〇年代調のブームがあったようです。あの時代のことを生で知っている身としては、「どうやってあのファッションをリバイバルさせるのか?」と驚いたのですが、肩パットが入ったシルエットやディスコファッションを、今風にアレンジしている様子がみてとれました。

八〇年代に青春を過ごした身になってみると、あの頃はどうにも恥ずかしい時代なのでした。日本全体が、頑張って浮かれていた。「ナチュラルが一番」などということはまだ言われておらず、誰もが肩肘(かたひじ)張ってガツガツと無理していたものです。

女性の化粧にしても、いかにも「化粧してまーす」という顔。目のうえに何色のアイシャドウを塗っているかが、一目で判別できたものです。草食のソの字も見えない時代ですから、ディスコでは、がんばってお洒落(しゃれ)してきた男の子達が、バッチりとメイクした女の子を盛んにナンパしていたものでしたっけ。

ですから、今時の人達に、

「なんか、八〇年代って感じですよね〜」

などと言われることが、我々にとっては屈辱です。ファッションにしろあそび方にしろ、自分達では今風でイケてると思ってやっていることを、

「八〇年代って感じ〜」

と言われると、シュンとなってしまうのです。

同じような効果を持つ言葉として、「昭和」というものもあります。カラオケの選曲、言葉づかい等について、

「それって昭和ですよねー、マジうけるんですけどー」

などと言われると、心の中では「まだ現役」と思いつつ若さの幻影を追う世代は、うなだれてしまうのです。

しかしそんな心境が、この頃は少し変わってきたのでした。八〇年代最後の年から、そして昭和最後の年からも二十年経ったことによって、あの時代が持っていた生臭みというものが、次第に薄れてきたから。

だからこそファッションの世界でも、八〇年代がブームになったのでしょう。肩

パットとかディスコファッションは、かつては「ちょっと前に流行った」という、生のダサさを湛えていたものですが、それが二十年かけて少しずつ乾いてきたのです。

〝近過去〟は、今を生きる人から最も馬鹿にされがちな時代です。三年前とか五年前に流行ったものというのは、腐敗臭が強くてダサいことこの上ない。それは、人々の中に「流行に乗ってしまった」という恥ずかしい記憶がまだ生きているからこそ、なのでしょう。

しかしその生々しさが消えた頃に、流行は必ずリバイバルします。その流行のことを全く知らない世代から「これって新鮮じゃん!」と新たな目で見られるのとほぼ時を同じくして、当時流行の担い手だった世代も、「そろそろ正々堂々と懐かしがりたい!」という欲求を募らせるから。ほとぼりが冷めるのに、二十年の時間が必要なのです。

たとえば、ディスコ。八〇年代に流行ったディスコは、今またブームです。ディスコなど行ったことがない世代のアーティスト達が、ディスコをテーマに楽曲を作ったり、ライブ会場をディスコ風にしたり。彼等にとっては、ディスコという派手できらびやかな遊びの空間がかつてあったということに、夢をふくらませるのでしょう。

一方では六本木などに、かつてのディスコが復活しています。そこにやってくるのは、昔ディスコに通っていた中年達。彼等は、同世代同士で、同世代のノリを共有するのです。若者はそのディスコにはやってこないものの、若い世代の興味とディスコ世代の興味が、ちょうど同時期にリンクしている。

かくして、八〇年代とか昭和を恥じなくてはならない時代は、終わったのでした。私達は、今までのようにコソコソと八〇年代や昭和の香りを嗅ぐのではなく、

「俺って八〇年代の人だからさぁ」

とか、

「やっぱり私は、平成より昭和の方がしっくりくるのよね〜」

と、堂々と自分の故郷のような時代を口にすることができるのです。

「八〇年代っぽい〜」

「昭和って感じ！」

と若者から言われたとて、

「ええ、そうですけれど？　あの時代は今と違って、うんと人工的で派手で楽しかったなぁ。あなた達はその時代を知らずに可哀相にねぇ。生まれてから今まで、ず

っと地味ーに暮らしてるんでしょ？」

と、余裕の言葉を返すことができるのでした。

一度開き直ってしまうと、昭和の人は強いものです。今時は、煙草を吸っているだけで、

「なんか、煙草っていかにも昭和って感じですよね〜。恥ずかしくないんですか？」

などと、珍獣か野蛮人か、といった目で見られることがあるわけですが、そんな時も一度開き直った人は、

「いかにも昭和って言われても、俺、昭和の人だから」

と動じないのです。

しかしなぜ、二十年経つと、恥ずかしさとかダサさがすっかり乾くのでしょうか。私は、一人の人間が成人になるまでの時間と関係しているような気がします。たとえばボディコンが流行った時に生まれた子供が、二十歳くらいになった時にボディコンを見た時に、何か新しい発見をしたような気持ちになる。かつて流行ったものに対して全く偏見を持たない存在が成人となった頃に、リバイバル現象が起こるのではないでしょうか。

とはいえ、八〇年代。あの時代のファッションは、乾いたとはいえ恥ずかしすぎ

たという気もするのです。フィフティーズ、シックスティーズ、セブンティーズ……と、今までも各時代のファッションはリバイバルしたものですが、エイティーズのリバイバル現象を見ていると、流行ったものが独特すぎて、リバイバルさせる側の腰が、やや引けている。エイティーズのリバイバルファッションは、よほどセンスもスタイルも良い人が取り入れないと、まだ十分にダサく見えてしまうという危険性があるのです。特に、実際に八〇年代に青春を過ごした人が安易に取り入れてしまうのは、非常に危険なプレイといえましょう。

平成以降のファッションを見てみると、特にコレといった特殊な流行はありません。ユニクロなどのファストファッションが隆盛を極める、というのが最も大きな流れなのであって、果たして二十年後に、「ユニクロっぽいのがリバイバル」などということがあるのか。ひょっとしたら我々は、二十年後もずっと、千円のジーンズをはき続けているのではないか……?

八〇年代という昭和の末期は、日本の戦後の中でも、特殊な時代だったのかもしれません。それはもしかすると、日本人が浮かれることができた最後の時代。もう、リバイバルされるほどに特徴的な時代は、これからやってこないような気も、する。

そんなにたくさんは……

お酒が飲めない私が、いい歳(とし)になってからやっと理解したことがあります。それは飲食の場において、最初から、

「いや、私飲めませんので、ウーロン茶を」

などと言ってはいけないらしい、という事実。皆が「じゃ、ビール」とか言っているのなら、最初はビールで乾杯しておいて、場が盛り上がってからあまり目立たないようにウーロン茶を頼んだりするのが、大人の作法というものらしいのです。

飲めないのにビールを注(つ)がれてもそれは無駄というものではないか、だったら最初からおいしくお茶を飲んだ方がナンボかいいのに、と本当は思っている私ですが、しかし我が国において何よりも大切なのは「和」というもの。「あー早くウーロン茶を飲みたい」と、コップに付着するビールの炭酸を眺めつつ、思うわけです。

ですから、

「お酒は、飲むんですか？」

と聞かれた時、

「いえ、まったく」

などとキッパリ答えるのも、色気のない行為とされるようです。かといって、

「ええ、ザルと言われております」

というのもまた、色気という面では難があるとされている模様。

そんな時に、女性が口にするべき最も理想的な返答というのは、

「そんなにたくさんは飲めないんですけど……」

というものなのではないかと、私は思います。飲めないわけではない。が、浴びるほど飲むわけでもない。少し飲んだらほんのりと頬を赤くさせてちょっと陽気になる、くらいの飲み方を予想させる返答です。

　こんな答え方をする女性というのは、おそらく男性にとって、最も誘いやすい存在なのでしょう。まったくの下戸というわけではないから、

「じゃあ、今度飲みに行こうよ」

と、言いやすい。かといって、「たくさんは飲まない」と言っているわけですか

ら、男性が既に酔いつぶれているのに、青白い顔のままでペースを変えずに杯を傾け続けるとか、泥酔して路上に大の字になるとか、そんなことをしそうにもない。警戒心が解けてちょっとしどけなくなるくらいの、ちょうど良い酔い方をしてくれそうです。

しかし「そんなにたくさんは」という言葉が示す範囲は、実はものすごく広いのでした。ビールコップ一杯程度、というのもその中に入ってきますし、ワインを一本空けるくらいの飲み方も、

「いや私、その気になれば日本酒一升はいけるので、ワイン一本程度なら『そんなにたくさんは』のうちに入るんですけど」

ということになる。

つまり「そんなにたくさんは」というのは、非常に都合の良い言い方なのでした。酒量における「たくさん」というのは、人によって解釈が様々。「たくさん」を否定するということは、せいぜい「常識から外れた大酒を飲むようなことはしない」程度の意味しか持たないのです。

いや、それすら本当は信用ならないかもしれません。「そんなにたくさんは飲まないようにしたいものだ」という願いを込めてその台詞を言う人もいれば、下戸は

ウケが悪いからと無理して言う人もいる。

「そんなにたくさんは飲めないんですけど……」

と言われたとて、相手が常識的に酔ってくれる保証は、どこにもないのです。

酒量の、解釈。それは、人が心の中にどれくらいの大きさの升を持っているかによるのでした。心の中の升の大きさを規定する法律がどこにもないことを考えると、人に「どれくらい飲めるのか」と聞くことに、あまり意味はないのかもしれません。

III

近くで申し訳ないんですけど

小学生の頃、授業中に先生に指された児童が、答えを述べる前によく口にした言葉。それが、

「間違ってるかもしれないんですけど」

というものでした。先生が、

「ではこの時、メロスはどう思ったのでしょうか？　はい、では酒井さん」

などと私を指したとしたら、

「間違ってるかもしれないんですけどぉ、メロスは、たとえ自分の命がなくなっても、できるだけ早く仲間のところに走っていきたいと思ったんだと思います」

などと言ったわけです。

この言葉は、先生とクラスの友人に対する防御壁のようなものでした。「私は、自信まんまんで答えているわけではない。間違いかもしれないことを自覚し、へりくだりながら回答しているのであって、だからもし私の答えが間違っていたとしても、怒ったり笑ったりしないでほしい」という気持ちが、そこには込められているわけです。

しかし、あまりにもみんなが、

「間違ってるかもしれないんですけど、〇・五％です」

とか、

「間違ってるかもしれないんですけど、光合成です」

とか、いちいちその言葉を吐いてから答えるので、ある時先生はキレました。

「もっとみんな、自信を持って答えること！　間違えてたって構わないのだから、いちいち『間違ってるかもしれない』とか言わなくてよろしい！」

と。

今となっては、先生の気持ちもよくわかるのです。「間違っているかもしれない」と前置きをされたところで、先生の心証は変わらない。正解だろうと不正解だろうと、さっさと答えてくれた方がよっぽどいいのに、なにをいちいち言い訳しているのだ……と思ったことでしょう。それでも私達は、クラスの中で、一人立ち上がって答えなくてはならないという緊張と、不正解を答えてしまった時の恥辱から、「間違ってるかもしれないんですけど」によって逃れようと必死だったのです。

それから、幾星霜。私はすっかり大人になりました。授業中に先生から指された時のイヤな気持ちなどすっかり忘れている時にふと、あの頃の口癖を思い出したのは、タクシーに二十代の若者と一緒に乗った時のことでした。

「近くで申し訳ないんですけど、○○までお願いします」

と、行き先を告げると、同乗の若者が、

「へぇ、そうやって言うんですね……」

と、つぶやいたのです。

タクシーで近距離に乗る時、「近くで申し訳ないんですけど」と前置きするのは、私にとって習慣となっています。私はバブルの時代に社会人になった身であり、バブル期というのは、乗客よりもタクシーの方が、うんと立場の強い、「乗せていただく」時代だった。だからこそ、「儲(もう)けにもならない近距離なのに乗車させていただき、お手数ばかりおかけして申し訳ない」という意味を込めてへりくだることによって、快適なタクシー乗車時間を確保しようとしたのです。

対して二十代の若者は、かつて日本にそんな時代があったことを知りません。だからこそ、「近くで申し訳ないんですけど」という言い方に感心していた。

その時、時代に違いを感じるとともに、私の脳裏に小学生時代のことがフラッシュバックしてきたのです。「そういえばあの頃は、授業中も先生に対して一生懸命言い訳していたなぁ。バブルの時代の私にとってタクシー運転手さんって、小学生にとっての先生と同じくらい、恐い存在だったなぁ」と。

そして私は若者に、

「バブルの時代のタクシーっていうものはのぅ……」

と、昔話を語りはじめました。夜の六本木ではタクシーをつかまえるのに一苦労で、新入社員はタクシーを確保するのが一つの大きな仕事であったこと。五千円以下の料金の時に一万円札で支払おうものならば、その場から消えていなくなりたくなるほど、運転手さんに不機嫌な顔をされたこと。

「一度なんて、運転手さんに『釣りはないから両替してこい』って言われて、近くのお店まで泣く泣く走って両替してきたこともあるわ。それがトラウマになっているから、私は今もお財布の中に千円札が五枚以下になると不安で仕方がなくなるし、支払いの時に一万円を出さざるを得ない時は、事前に『一万円札しかないんですけど、大丈夫ですか？』って聞くことにしてる」

と言うと、

「そうなんですか！」

と、若者はびっくり顔。

バブル期を知らない人がタクシーで支払うのを見ていると、二千円くらいの料金でも、平然と一万円札を出しているのです。横で見ている私の方がヒヤヒヤするのですが、しかし運転手さんは怒りだすわけでなく、

「はいお釣り。ご確認ください～」

などと言っている。運転手さんの対応も、全体的にとても良い。「ああ、良い時代になったものだ。もうあのようなギスギスした時代には戻ってほしくないものよのう」と、私はまるで、戦争経験者が戦後生まれの子供を眺めているような気持ちになるのです。

しかしもちろん、少額料金を一万円札で支払うというのは、今の時代においても運転手さんにとっては喜ばしいことではありません。

「だから、いつでも千円札は多めに持っておく方がいいのよっ」

と、若者に教えてみたりしたのです。

私は今、

「近くで申し訳ないんですけど」

などといちいち言わなくても、運転手さんは怒り出さないことを知っています。今はそういう時代なのであり、ワンメーターの距離でも、気持ちよく送り届けてくださる。

しかしそれでも「近くで申し訳ないんですけど」と口にするのは、

「いえいえ。大丈夫ですよ〜」

などと運転手さんがにこやかに言って下さるのが嬉しいからなのでしょう。「私、バブル知ってますんで。その辺の若者とは違って、今でも『乗らせていただく』精神で乗ってますよ！」ということを言外に匂わせようとしているのかもしれません。

大人になると、恐い存在というのは少なくなってきます。親も先生も、もう自分のことは怒ってくれない。仕事相手からも、ビシッと怒られることは少なくなってきた。しかし、かつて怒られたことに対する恐怖というのは、私達の中に確実に残っています。

だからこそ私は、タクシーの中でいちいち、色々な前置きをするのでした。「もう怒られない」とはわかっていても、防御の姿勢をとっておかないと安心できないのです。

しかしもしかすると私は、「怒ってくれる存在」が、心のどこかで懐かしいのであり、今でも、怒られるのは恐いし笑ってもらえると嬉しいし、という小さな教室のような気分でタクシーに乗っているのかもしれません。……とかいって、本当は不機嫌そうにタクシーに乗ってくる私のことを、今となっては運転手さんの方が恐れていたりするのかもしれないんですけどね……。

次につなげる

スポーツ選手を見ていると、しみじみ「時代は変わった……」と思うことが多いものです。

最も変化が大きいのは、女子選手の容姿でしょう。うさぎ跳びが奨励されていた時代は、女子選手が洒落（しゃれ）っ気（け）や色気を出すのは禁物だったのであり、「うーん、彼女はスポーツに精を出すしかなかったのかも」といった容姿の選手が多かったものです。

しかし、うさぎ跳びなどナンセンスとなった今、女子アスリート界を見てみれば、タレントかと見まごうような可愛（かわい）らしい選手が多い。化粧やアクセサリーも当たり前で、センスの向上も目覚ましいものがあります。容姿の良い選手を前面に押し出すことによって、そのスポーツの人気を高めていこうという営業努力のようなものも、感じられるのです。

　実際、昔のように「容姿の悪い選手が、そのルサンチマンとしてド根性を出して頑張る」といった選手よりも、「容姿の良い選手が、皆からチヤホヤされながら素直に練習を重ねた結果、アスリートとしても一流に」といったタイプの方が、のびのびと成績を伸ばしたりする。何事も容姿の時代、ということを痛感いたします。

　スポーツ選手における変化は、もちろん容姿の面だけではありません。選手の発言もまた、うさぎ跳びの時代とは異なっているのです。

　うさぎ跳びの時代、アスリートというのはインタビューなどでは、あまり上手に話すことができませんでした。チームの為、お国の為に、寡黙に練習した彼等。円谷幸吉などは、「勝たねばならぬ」というあまりのプレッシャーに耐えかねて、死を選んだわけです。

　しかしそれから、時代は変わりました。根性だけではどうにもならない、ということが日本人にもわかってきたのです。追い詰められすぎた結果、あまりに本番に弱い日本選手は、まず精神面をどうにかしなくてはならないということで、急激にポジティブ・シンキングの時代がやってきました。おそらくそれは、Jリーグ発足以降のことなのだと思うのですが、

「楽しんでプレイすることができたので、よかったと思います」
などと言う選手がグッと増えたのです。
楽しんでプレイすることが勝利への近道、ということにも一理あるとは思うので
すが、しかしボロ負けしても「楽しめたのでよかった」と言う選手が増え、テレビ
視聴者としては「遊びでやってるのか」といった不満がたまるようになりました。
円谷時代がネガティブ時代だとしたら、「楽しみたい」が増えたのはポジティブ
バカの時代。おそらく日本人は真面目(まじめ)なので、「試合を楽しもう」と思ったら最後、
勝とうと負けようと「楽しみました」と言わなくてはならない、と信じ込んでしま
ったのです。

ポジティブバカの時代は、つまり「負けたことなんか気にしていません」という
ことをアピールしなくてはならない時代でした。ネガティブ時代、日本人があまり
にも負けることを気にしすぎたため、その反作用で「負けたって別に平気です」と、
生真面目(きまじめ)に表現しようとしたのです。

「楽しみたいです」

と試合に臨み、試合に負けても、

「自分の○○」という言い方が目立つようになったのも、この時代でしょう。

「負けましたが、自分の滑りができたので満足してます」

とか、

「自分の柔道ができなかったのが、敗因ですね」

といった言い方が、よく聞かれたもの。「他人と比較した時の相対評価でなく、私は絶対評価をしているのです。自分で満足のいくプレイができれば、勝ち負けは関係ありません。あっ、今日負けたのは、たまたま自分のプレイができなかったからなので、相手が自分より強すぎたわけじゃないんですよ」的な響きがあった、この言葉。


しかし「自分の○○」もまた、敗北から逃げる言葉であるような気がしてなりません。「自分の柔道ができなかった」というのは、正確に言うならば「自分の柔道をさせてもらえなかった」ということ。相手の実力の方が明らかに上だったから自分のプレイができなかった、ということを隠して、ほんのたまたま自分のプレイができなかった、というニュアンスにしているのが、やはりテレビの前の視聴者には歯痒(はがゆ)かった。

しかし、日本のスポーツ界もさすがに「それではいかん」ということになったのだと思います。「楽しみました」とか「たまたま自分のプレイができませんでした」などと甘いことを言っているようでは、世界の中では体格に劣る日本人が、勝てるようになるはずがない。

……ということに気付いたからなのかどうかはわかりませんが、最近の若いアスリート達は、ポジティブバカ時代のような言葉は、あまり使用しないようです。

たとえば、ゴルフの石川遼くん。良くない成績をおさめた時のインタビューでは、

「今日は風が強くて、集中力を出すことができませんでした」

などと、素直に敗因は自分の中にあるということを、認めるのです。その上で、

「でも、風の強い時の改良点がわかったので、その点を克服して、次につなげたいと思います」

といったことを言う。

浅田真央ちゃんにしても、

「今日はトリプルアクセルが回転不足になってしまったので、その部分を反省して、次に生かしていきたいと思います」

などと言っている。

負けが許されなかった、ネガティブ時代。その反動で、負けから目をそらすようになった、ポジティブバカ時代。そして今は、容姿と実力を兼ね備えた若いアスリ

ート達が、負けたことはちゃんと認めた上で、その敗因を分析して次の試合に役立てようとする時代、負けも無駄にはしないという時代となったようなのです。

ここ数年で、インタビューの応対法などをアスリートに教えるという動きも、目立っているようです。確かに、昔のお相撲さんのように、ハァハァしながら、

「そうっすね」

としか言えないようでは、ファンサービスという観点から見ると失格。今のファンは「アスリートだから話し下手で当然」とは思ってくれないので、人気を得るためには、マイクの前でどのようなトークができるかも、重要です。

しかしここで心配なのは、やはり日本人の生真面目さ。「そうか、今は負けを認めた上で、その負けを未来に生かすようにしなくてはいけないのだな」と真面目に考えすぎて、どんなひどい負け方をしても、

「次につなげたいと思います」

の一点張りになってしまいがちなのです。

若いアスリートは、いつまでも「次」があると思うことができるからこそ、そうなるのだとは思います。が、いくら若い人であっても、アスリートである限りは「次」が断たれる時もくる。次がなくなった時に彼等がどう言うのか、ちょっと不

安のような、ちょっと楽しみのような気がするのでした。

どうする？

レストランにおいてメニューを開き、

「どうする？」

と言う時の「どうする？」は、「アラカルトにするか、コースにするか」ということを悩んだ上での「どうする？」であるわけです。

アラカルトにするか、コースにするか。この判断には、誰が支払いをするのかとか、誰が主客なのかとか、その座にいる人々の性格とか、様々な事情が関係してきます。

「コースを頼んでしまう方が、楽といえば楽だ」

「あ、でもコースって結構高いわね」

「アラカルトの方が食通っぽくもあるが」

「でもメニューを考えるのも結構面倒臭いし。あの人がご馳走して下さるとなると、あまり高いものを頼みづらかったりするし」

等々、様々な思惑が絡んで、

「どうする？」

「どうしましょうかね？」

と、お互いの顔色をうかがい合う時間が続く。

アラカルト好きとコース好きは、性格によっても分かれるものです。グルメを自負する人は、もちろんアラカルト好き。コースなど頼んでは男が（もしくは女が）すたる、と思っている。クリエイティブ気質が豊かであったり、自己の意志がはっきりしている人もアラカルト派なのであり、つまりは欧米人気質系の人は、アラカルトを好むようです。

実際、欧米の人はメニューを考えるのに非常に長い時間をかけ、その時間をも楽しむのだということを聞いたことがあります。人によって全く違うメニュー構成を見るのもまた、楽しいものでしょう。そこには「選択する楽しみ」が、確実に存在しているのです。

対してコースというものは、極めて我々日本人に向いています。

「じゃ、とりあえず全員、このコースで」
ということで決まってしまえば、あとは何も考える必要がない。全員が同じものを食べるのであれば、和が乱れることもないのであって、そこにあるのは「身を任せる楽しみ」。

アラカルト派の人からしたら、「それはあまりにも意志薄弱というものではないか？」という話になるかもしれません。が、コース派というのは、意外な冒険好きでもあるのです。すなわちコースというのは、「全く予期せぬものが目の前に出てくる可能性」を、はらんでいます。コース派の人というのは、その手の可能性ごとコースを選ぶという、一種の蛮勇を持っている。「全て、自分の選んだものでないとイヤだ」というアラカルト派の方が、もしかしたら肝っ玉は小さいのではないか、とすら思えてくるのです。

ここ数年来流行りのプリフィクスは、コースとアラカルトの中間をいく手法です。プリフィクスがなぜ流行ったかといえば、アラカルト派もコース派も、そこそこ満足できるから、なのでしょう。

アラカルト派とはいえ、日本人であれば全てを自分で決めることに、時に疲れを覚えるはずなのです。「メインは食べないという手も」とか「メニューに載っていないものをオーダー」みたいな可能性まで考えると選択の幅は無限に広がり、正直「面倒くせぇ」と思うこともあろう。そしてコース派も、「確かにラクだが、お仕着せのコースばかりでいいのか、自分？」という疑問がふと湧くこともあろう。

プリフィクスは、そんな両派にとって福音となったのでした。料金も明快で、お会計も安心。何よりも、「どうする？」と顔を見合わせつつ相手の腹を探り合う時間から、解放されるのです。「選択する楽しみ」も「身を任せる楽しみ」も、両方得られるプリフィクス。ま、両方中途半端になるという説もありますが、日本人には向いている手法なのかなとは、思います。

どこか懐かしい

私が好きなテレビ番組の一つに、テレビ東京の「いい旅・夢気分」があります。家にいながらにして、まさに旅をしている気分を味わうことができるから。

しかしこの番組にはもう一つの魅力があり、それは旅をする人の人選なのです。芸能人が夫妻で旅をしているケースでは、夫婦間の力関係のようなものが見てとれるのが楽しい。また、「かとうかず子とその娘」とか、「真野響子姉妹」等、家族と一緒に旅をする芸能人は、ドラマなどでは見せない顔を見せるのです。

家族でなくとも、この番組では本当に仲が良い人同士で旅をしてもらうのが、鉄則のようです。「ジェット尾崎（ジャンボの弟）と坂口良子」といった、その昔週刊誌を賑わせたカップルが出てきたこともありました。二人は、温泉宿で互いの来し方をしみじみ語り合っていたのであり、「このお二人は今や、すっかり安定した

関係になっているのね」と思ったもの（その後、二〇一二年に結婚）。「米良美一と坂本冬美」という友人同士が屋久島を旅し、米良美一さんが屋久島の森の中で「もののけ姫」を歌った時は、何だかこの世とあの世の境を見るようでありましたっけ……。

というように、意外にアグレッシブな人選を行っている「いい旅・夢気分」。この番組では、攻めの人選の割に、ナレーションではごく普通のことを言うというギャップがまた魅力です。

旅番組やグルメ番組のナレーションというのは、一定の語彙を使い回すことによって成立しているものです。そして私達は、「絶景露天風呂で旅の疲れを癒したあとは、お待ちかねの夕食です」とか「外はカリッ、中はトロッ」といった定型文を聞くことによって、ホッとすることができる。

「いい旅・夢気分」もその例外ではないわけですが、中でもしばしば聞かれるのが、

「どこか懐かしい」

というフレーズなのでした。

峠の茶屋で旅人が甘酒を飲めば、「どこか懐かしい味わい」。かやぶき屋根の民家を見れば、「どこか懐かしいたたずまい」。というように、ナレーションにも「どこ

か懐かしい」は多用されている。

確かに、旅をしている時に「懐かしい」というのは便利な言葉です。何かを見たり食べたりした時に、

「なんか懐かしい〜」

と言うと、それ以上の感想を述べずにも済むのですから。

しかし「懐かしい」というのは、実は誉めてもいないし貶してもいない、という言葉なのでした。積極的な評価なのか消極的な評価なのか、その言葉だけではわからない。であるが故に、「おいしいんだかまずいんだか」とか「快適なんだか不快なんだか」という微妙な状況の時に、「懐かしい」は便利な言葉なのです。

「懐かしい」が持つ便利さ故か、時に誤った使い方も、されているものです。「いい旅・夢気分」においても、親と一緒に旅をしている芸能人の娘が、十八歳くらいだというのに、昭和の事物を見て、

「なんか、懐かしいね〜」

と言っていたりするのです。視聴者としては、「あなたはそんなこと、知らないでしょうよ」と思うことになる。

旅をしている間中、いちいち視聴者を満足させるような感想を述べなくてはなら

ないというのは、十八歳にとっては、難儀なことに違いありません。だからこそ彼女は、古い事物を見た時は「懐かしい」と言っておけば間違いはないはず、とつい「懐かしいね〜」と言ってしまうのです。

自分のことを考えてみても、何かを食べたり見たりした時、「これは果たして、懐かしいのかどうか？」とわからなくなる時があるのです。たとえば、昔ながらの洋食屋さんに行った時。オムライスやハヤシライスといった定番の洋食を食べると、

「懐かしい味！」

と言わなくてはいけないような雰囲気の中で、ついつい期待通りの発言をしてしまうことがしばしば。

が、よく考えてみると私は、子供の頃はあまり家ではオムライスやハヤシライスといったものは食べなかったし、外食をする時も、その手のメニューを食べた記憶は無い。むしろ、大人になって初めて食べたくらいのメニューであるというのに、つい「懐かしい」と言ってしまうのはこれいかに……？

はたまた、昔のヒット曲を聞いた時。ふと、「この歌は私にとって『懐かしい』のか、それともただ単に『知っている』だけなのか？」と思うことがあるのでした。自分の青春時代にヒットした曲に対して感じる懐かしさというのは、たとえばカラ

オケに行ってその曲の前奏が流れてきた瞬間に血が逆流するような、ほとんど生理的な快感を伴うものなのです。しかし私達は、「親の世代の青春のヒット曲」とか、「ちょっと上の世代の人がよく歌っていた曲」というのも、知識としては持っているのであり、その手の曲に対してもつい、「懐かしい〜」と言っている。

「懐かしい」は、つまり社交辞令として使われることも多いのだと思うのです。たとえば二十代の子と一緒にカラオケに行った時、私達が涙を流さんばかりに松田聖子を歌っているのを聞いて、二十代が「懐かしいですよね〜」と言ってくれるのは、私達の心理を慮(おもんぱか)ってのこと。

「『青い珊瑚礁(さんごしょう)』? 知らないです」

とバッサリ言ってしまっては年長者が傷つくであろうことを知っているから、「あなたも私も、同じ日本人ですよね!」という意味を込めて、「懐かしい」と言ってくれるのではないか。

「いい旅・夢気分」における「懐かしい」も、その手の意味が込められているものと思われます。かやぶき屋根の家に住んだことなどもないし身近にも存在しないのに「懐かしい」と言うのは、旅のデスティネーションに対する親しみを示すため。

平安女流文学など読んでいると、「なつかし」という言葉はしばしば出てくるものです。『源氏物語』においても、光源氏は好もしい異性に対して「なつかし」などと思っている。

この場合の「なつかし」は、昔が思い出されて慕わしい、という意味を持つものではありません。その手の意味を帯びるようになったのは中世以降のことだそうで、平安時代の「なつかし」の意味は、「心がひかれる」「かわいい」「いとしい」といったもの。だからこそ光源氏は朧月夜(おぼろづきよ)に対して「いとなつかし」とか思っているわけです。

しかし「懐かしい」という言葉が、かつて「心ひかれる」「いとおしい」といった意味を持っていたということも、何となくわかる気がします。今、私達が心の底からの懐かしさを感じる時、過去とつながった紐(ひも)のようなものが、グンとひっぱられるような感じがするもの。心の中のある部分がひっぱられるという意味あいが、この言葉にはあったのでしょう。

してみると、松田聖子の歌に「懐かしい」と言ってくれる若者は、少なくとも好意的な感情は持ってくれている、ということのような気がするのです。本当は「カラオケは同世代とに限る……」とうんざりしていたとしても、思いやりとして「懐かしい」と言ってくれるだけでも有り難い、のかもしれませんね。

年明けってことで

普段は曜日の感覚もあまりなく、月曜日の朝特有の「会社に行くの、嫌だなあ」といった気分からも遠ざかってだいぶ長い時が経つ私。しかし年明けの初仕事の時だけは、会社員時代の気分を少し、思い出すのです。長ーい休みが終わって、「今年もまた、仕事」と思う時のちょっとした憂鬱さは、私にもかつてはいくばくかの社会人らしさがあったのだ、ということを教えてくれます。

会社員をしていた時、年末の休みに入るのは、それはそれは嬉しかったものです。十二月も後半になって、色々な仕事の作業をしている時に、

「じゃ、あとは年明けってことで」

という宣言がその場における一番偉い人から出される瞬間も、大好きだった。

「ああもう、少なくとも今年は、この仕事について考えなくてもいいのだ！」と、

思うことができたから。

それは、ゴールデンウィークにしてもお盆にしても、同様でした。

「じゃ、あとはゴールデンウィーク(もしくは、お盆)明けってことで!」

と言われると同時に感じることができる、解放感といったら! 後から同じ仕事を続けて行わなくてはならないことはよく知っていても、一瞬の逃避感が、身を溶かすように心地よかったものです。

会社員時代は下っぱだったので、自分からその言葉を言うことはできませんでした。しかしその後、私も少しは大人になりました。昨今は、十二月に仕事の打ち合わせなどしているとついつい、

「じゃ、あとは年明けってことで!」

と口走りがちな自分に、気付くのです。

年内にもっと色々なことを片付けておいた方が、後々のためには良いということは、今もわかっているのです。しかし「もう師走!」という浮き足立つような気分が、「面倒なことは先のばしにしてしまいたい」という煩悩を刺激する。

かくして私は、年明けの初仕事を始めるという時に、一気に憂鬱な気分になるのでした。

「えっ、これってもっと早くやっておくべきじゃなかったの」「なんでこれをお正月休みの間にやっておかなかったのか、あんなダラダラする時間はあったのに……」と後悔することしきり。

仕事はどんどん先のばしにしがちな一方で、

「年内はもう慌ただしいでしょうから、忘年会ではなくて新年会でもしましょうか」

といった宴会の先のばし約束は、守られないことが多いものです。忘年会というのは、慌ただしい気分に呑まれて、無理してでもスケジュールを入れてしまうもの。ですが、新年会の予定を年末のうちから決めるのは何となく興醒めだし、新年一発目の電話が、

「で新年会、どうします?」

というのもどうも物欲しそうだし……ということで、新年会のスケジュールは決まりづらいもの。結局、二月くらいに、いまいちピリッとしない食事会が開催されたりすることになるのでした。

十二月と一月は、ただ一ヵ月違うだけなのです。が、私達日本人の心の中には、その二つの月の間に、明確な境界線が存在している。「年明けになったら、何か素

晴らしい展開が待っているのではないか」という淡い願望を、十二月には抱いてしまうのです。

「じゃ、年明けってことで！」

と言いまくっていた、この前の十二月。そして、いつものように新しい年がやってくるわけですが、先のばしにした案件は果たして、どのような展開を見せることになるのやら……？

取り分けますか？

何を食べる時が一番幸せかと問われたら、即座に、

「中華料理！」

と答える私。中華料理のテーブルについた時に感じる心の萌え、否「燃え」は、前世であの国と何らかの関係があったのではないかと思えるほどです。

中華料理屋さんにおいては、大皿に料理がのって出てきます。ヌーベル系の洒落た店では、最初から個々人の皿に美しく料理が盛られたりしていることもありますが、それは私の好むところではない。やはり大皿に熱々の料理が盛られてこその、中華料理でしょう。

しかしその大皿がテーブルに運ばれた後、煩悶することがしばしばあるのです。

中国においては、取り分け箸など使用せず、個々人の箸を直接大皿に伸ばす光景を

よく見ますが、日本でそれはあまりよしとされない行為。いちいち取り分け箸など使用してちまちま料理を取っては回し……ということになってきます。

また中国においては、余るほどたっぷり料理を頼むことが一種の礼儀だったりするらしいのですが、日本においては、きっちり食べ切ることが礼儀。

ですから日本の中華料理店では面倒なことが一つあって、それは「料理をいかにして取り分けるか」という問題なのでした。回るテーブルなどで、取り分けを各人の裁量に任せていると、最後の人に回ってくるまでに料理が冷めてしまいます。また「どの程度の量を取ったらいいのか」というのも、悩みどころでしょう。その場にイエス様でもいれば、「五つのパンと二匹の魚を、説教を聞きに集まった五千人で分けてもまだ余った」という逸話のようなことがおこり得るかもしれませんが、たいていの食事の場に、そのような聖人は臨席していない。となると、正確に目測しないと、最後の方にしわよせがくることになるのです。その結果、各人が「おいしそうだからといってたくさん取るような下品なことをしてはならない」という大人の遠慮を働かせ、最終的に妙な余り方をしてしまったりするのでした。

ですから中華料理、特にテーブルが回るような大人数で中華を食べる時は、店員さんが、

「取り分けますか？」
と言って下さるのが、私はとても嬉しいのです。そうでないと、一座の中の気の利く人がせっせと取り分け業務に精を出しはじめたりして、こちらが木偶っているのが目立ってしょうがない。

お店の人が取り分けてくださる場合は、もちろん最初に大皿を見せてほしいものです。最初から取り分けて持ってこられたのでは、醍醐味も半減。

そんなわけで、

「こちら、海老と銀杏の炒めものになりまーす」

などと大皿を見せられてから、取り分けられた結果としての小皿が運ばれるのを待つまでの時間が、私はけっこう好きです。犬がおあずけをされている時の気分はこんなではないか、という感じ。

店の人に取り分けてもらうと安心するというのは、一人用のお膳の上に自分だけのおかずがのっているという食事形態がＤＮＡにしみ込んでいる日本人らしい心理なのかもしれません。他人の持ち分を侵略するとか、誰のものかわからない分が残っているという状態よりも、自分が食べていいのはここまで、という陣地が決まっている方が、私達は落ち着いて食事をすることができる。

してみると、大皿から直接、自分の箸で取って口に運ぶことができる中国の人々というのは、自分の分が決まっていないと落ち着かない私達に比べると器が大きいなぁという気も、するのでした。小皿に取り分けた自分の陣地なんて、小さい小さい。大皿ごと自分のもの、くらいの気概を持つことができないと、中国の脅威に立ち向かっていくことはできないのかもしれません。

なかなか

自分が書いた文章に対して、

「いやぁ、なかなか面白かったですよ！」

みたいなことを言われると、私は喜んでいいのか悲しんでいいのか、よくわからない気分になるのでした。その「よくわからなさ」の原因となっているのは、もちろん「なかなか」という言葉。

「なかなか面白かった」と「面白かった」を比較すると、「なかなか」ナシの「面白かった」の方が、より面白かった感じがするものです。『「なかなか」がついたということはつまり、ものすごーく面白かったというわけではないのだなぁ……」などと、こちらとしては思うわけです。

かく言う私も、「なかなか」はよく使う言葉なのでした。意味合いとしては「ま

みたいな味の時に、

「まあまあですね」

と言うのではカドが立ちますが、

「なかなかですね」

だと、激賞はしていないけれど誉めてはいる感じになる。

難しい抽象画などを見て、あまりのわけのわからなさにどう感想を言っていいのかわからないという時も、

「なかなか、ですねぇ」

などと言えば、何とか格好はつく。

そんな「なかなか」の本当の意味というのは、どのようなものなのでしょうか。「なか」というからには、つまりは「中程度に良い」みたいな意味なのではないか、と思って『新明解国語辞典』をひいてみたところ、

「実際に見聞した対象の程度が予期していた以上で、軽視しがたいと感じられる様子。敵も――やるね/――ですよ、彼は」

等々、載っていたのです。

そこで私は、「なかなか」という言葉に「予期した以上」というニュアンスが含まれていることに、初めて気付いたのでした。つまり、「見くびっていたけどけっこうヤルね」という意味が、「なかなか」には込められている。『広辞苑』にはその手のニュアンスが載っていませんでしたが、言われてみれば確かにそう。さすがは新解さんです。

ということは、

「いやぁ、なかなか面白かったですよ！」

という文章に対する感想の背景には、「もっとつまんないかと思っていたんですけどね」という意味が存在することになるのでした。「そうだったのかぁ、辞書ってひいてみるものだな」と、私は思った。

そうなってくると、「なかなか」という言葉の使い方は意外と難しいということに気付くのです。料理に対して言う「なかなか」には「もっとまずいと思ってました」というニュアンスが含まれ、抽象画に対して言う「なかなか」にも、「全然期待してませんでしたけど意外と面白いですね」というニュアンスが含まれる。つまりは、けっこう偉そうな感じを、「なかなか」という言葉はまとっているのです。実は相当な経験と実績を積んだ人生のベテランでないと、イヤミでなく使うことができないのであろう、「なかなか」。

「うーん、なかなか……」

とつぶやくだけで相手を喜ばすことができるように、いつかなってみたいものだと思います。

夏バテ防止

夏になると、テレビの料理番組や雑誌の料理記事において頻出する言葉が、

「夏バテ防止」

というものです。しかし私は、

「夏になるとどうしても食欲がなくなりますからね。色々なお薬味を使って一工夫することによって、おいしく、たっぷりいただけるんですよ」

などと料理の先生が語るのを冷房が利いた部屋で聞きながら、いつもどうも納得できない気分になっているのです。


それというのも私、自分の周囲で「夏バテ」というものになっている人を見たことがなく、ましてや自分をや。「夏だから食欲がなくなるという人が、この世にはたくさん存在しているらしいが、一体どこに……？」という疑問を、ずっと抱き続

けているのでした。

よーく思い起こしてみれば中学生の頃、真夏に運動部の練習をガンガンしている時などは、「お弁当、食べたくなーい」という気分になることはありました。が、それ以降は、ただ暑いくらいで食欲が落ちるなどという事態に陥ったことがない。

思うに、この「夏バテ防止」という言葉は、料理業界における夏枯れ防止スローガンのようなものではないでしょうか。多くの人が夏バテという症状に苦しんでいるということにしておかないと、夏の料理の存在意義、のようなものを保つことができないが故に、ここまで多用されるのではないか。

夏バテ防止には、さっぱり攻撃とこってり攻撃、両極の戦法が用いられます。紫蘇(しそ)や茗荷(みょうが)といった食材を多用したり、何でもつめたく冷やしたりすることによって、サラッと食べられるようにするのがさっぱり攻撃。対してこってり攻撃は、

「暑いからこそ、さっぱりしたものばかり食べていては夏バテになります。スタミナのつくものを食べて元気を出しましょう」

という意志のもと、鰻(うなぎ)とか脂のしたたる肉とか、その手の暑苦しい食材をどーんと料理。

そして私は、夏バテなどしたこともないのに、つい両方の攻撃に対して「なるほ

どね」と思ってしまうのでした。冷たくてさっぱりしたものも、「やっぱり夏はこういうものが」とさらさら食べるし、その反作用でこってりしたものも美味しそうに見えるため、かえって他の季節よりも食欲が旺盛になったりする。

夏といえば、夏痩せに期待がかかる季節です。しかし夏は、何を食べても「どうせ夏は汗もかくことだし、太らないだろう」と過信してしまう季節でもある。その上、過剰な夏バテ予防策があらゆるところに張り巡らされているため、秋・冬・春と「ま、夏になったら体重も自然に減るだろうし」と信じて貯め続けた脂肪が、夏になっても全く落ちないという事態に。「ちょっとは夏バテというものをした方が、身体には良いのではないか」とも思えてくるのです。

テレビや雑誌が「夏バテ防止」と言うあまり、夏バテになってもいないのに一生懸命に食べてしまう私は、つまり他人の言葉に流されやすい性質なのでした。実は私、かき氷を食べていて頭がキーンとなるという体験も、今まで一度もしたことがないのですが、他人が皆、

「キーンとなるよね」

と言うのでつい流されて、

「そうそう、キーンとなる」

と言ってしまうということも、ここに告白しておきましょう。夏は甘いものに関しても、冷たいものもそうでないものも、大量に食してしまう季節でもあるのです。ということで、きっと今年も夏バテ知らずの私。スタミナも脂肪もたっぷりたくわえたまま、秋に突入することに、なりそうです。

一口、どう？

この世で、最もおいしいシュウマイ。

それは、たとえば新横浜から新幹線に乗ってきた友人が、ビールのアテにと崎陽軒のシュウマイを広げた時、もの欲しげに見ているこちらの視線に気付いて、

「一個、食べる？」

なんて言って分けてくれる、そのただ一個のシュウマイなのだと思います。

思いがけずシュウマイが食べられるとは、という僥倖感。これを食べればあとは無い、という感覚。それが、一個のシュウマイの味を至高のものとする。もちろん友人は、

「もう一個、ちょうだい」

と言えば快くシュウマイをくれるのだとは思いますが、しかしそれを言ってしま

っては最初の一個の味が台無しになる。「ただ一個」であること、それが重要なのです。

他人が食べているものというのは、何であれ私にはおいしそうに見えます。世の中には「一盗二婢」という言葉がありますが、食べ物であれ女性であれ、「他人の所有」であること自体が、魅力になるのです。

料理屋さんにおいて、隣の席の人が食べているものを見て「あれ、おいしそう」と思い、つい同じものをオーダーしてしまう、とか。電車の中でパンなど食べている若者を見て、空腹感が搔きたてられる、とか。私は、他人が食べているものにかなりの影響を受けつつ、生きています。ですから「いかにスマートに他人の食べているものを一口もらうか」ということには、心を砕く。

他人が食べているものの味見をさせてもらうという行為が、本質的に優雅でないことは、承知しております。他人とお皿を取り替えっこするのは、本来はマナー違反なのだそう。

しかしそれでも私達は、他人が食べているものを食べたいし、また自分がおいしいものを食べている時は、他人にも一口あげたくなるのです。

日本人というのはそもそも、「自分だけが幸を得る」という状況に対して、居心地の悪さを感じる生きものなのでした。江戸時代の庶民は、自分がお伊勢参りに行ってきたら、行くことができなかった村人に土産を買うことによって、「自分だけが行く」ことに対する申し訳なさを解消しようとした。

同じように、自分がおいしいものを食べたら、他人にも「一口、どう?」となるのが、我々。そして、他人がおいしそうなものを食べているのを見たら、『一口、どう?』って言ってくれないかなぁ」と思うのも、我々。

それはまた、相手と自分との親しさを確認する行為にもなるのでした。さほど親しくない仕事相手と食事をする時に、

「一口、いかがですか」

みたいなことには、なかなかならない。対して、憎からず思っている異性と食事をしている時、相手が、

「一口、ちょうだい」

とこちらの皿にフォークを伸ばしてきたりすると、その不作法な感じがちょっと嬉しかったりする。

大人数の時に「一口」の応酬が始まると、様々な皿がテーブルを飛びかい、イニシエーションでもしているかのように思えてしまうものです。「一口」行為という

のはやはり、傍(はた)から見ていると決して優雅なものではない。カップルが、自分の箸で相手に食べさせてあげたりする行為もまた、然(しか)り。「不作法なのは重々承知ですが、どうしても我慢できないのです」といった羞恥(しゅうち)心を滲(にじ)ませつつ、一口をやったりとったりするところに、味わい深さが生まれてくるのではないでしょうか。

そんなわけで、新幹線の中でもらうただ一個のシュウマイほどおいしいものはないと思っている、私。その美味の記憶は名古屋くらいまでは軽くもつのであって、車内にシュウマイ臭が広がることにも、「まぁ許してあげよう」という、寛容な気分になるのでした。

普通

「普通においしーい！」

などと、「普通に」という言い方を若者がよくするようになったのは、いつの頃からだったのでしょうか。私もいい大人ということで、なるべくこの言い方はしないように心がけているのですが、うっかり言ってしまいそうになることもしばしば。

しかし、もっと気をつけなければならない「普通」の使い方があるだろうと、私は自戒をする者です。たとえば、マンションを買うでも引っ越しをするでも、そうしょっちゅうしないようなことをしている時、私達がついつい言いがちなのが、

「普通はどうしてるんですか？」

というもの。

マンションの玄関の床材が選べますよ、となった時に、

「普通は皆さん、どうしていらっしゃるんですかね？」

的なことを、あなたは言ってしまったことはないでしょうか。

私は、心の安定を覚える人間です。何らかの判断を求められた時、自分で考えて自分で責任を負うのが面倒臭いので、「みんながやっている平均的なことなら、間違いは無いだろう」と、思ってしまう。平均値からそう離れていない場所に身を置くことによって「出る杭」になってしまうことをできるだけ避けようとするわけで、

「普通は皆さん、どうしていらっしゃるんですかね？」

といったことを口にする度に、「ああ、私って日本人だなぁ」ということを、しみじみ感じるのです。

そんな私ですので、他人を非難する時にも、「普通」はキーワードになります。

「普通だったらさぁ、あんなことは言わないわよねぇ」

とか、

「普通はそれくらい、知ってるでしょう」

というように、普通からはずれていること＝悪いこと、という風に断罪しがち。

それはあたかも、自分だけは「普通」というセイフティ・ゾーンに立っているかの

ような言い方なのです。

普通のことをやっていては駄目なのだ、とはビジネスの世界でよく言われていることですし、教育の世界では「枠から外れて、個性を伸ばしましょう」的なことも、よく言われています。が、私にしみついているタイプの普通信仰は、厳然として日本の中には存在しており、ビジネスの世界に生きる人や学校教育を受けている最中の子供としては、「どっちがいいのかハッキリしてくれ」と、股裂き状態に悩むのではないか。

普通でいるという状態は、責任放棄の状態でもあります。それがラクだから、人々は皆普通を目指すのだと思いますが、しかし何もかも普通の状態でいるということは、実は一番難しいことでもある。普通というセイフティ・ゾーンに立っているつもりでも、片足とか頭とか尻とかが、ゾーンの外に出ている人は、いっぱいいるのです。

かく言う私も、普通信仰を強烈に持っていながらも、結婚して子を生すといったごく普通のことすらできないでいる身。ま、だからこそ余計に信仰は深まるのかもしれませんが、どれほど信じたからといって決して救われるわけではないのが、普通教というものなのかもしれません。

本当ですか？

若い人達から時折言われる、

「本当（ホント）ですか？」

という言葉に、かねて非常に微量ではあるのだけれど、違和感を覚えていました。ちゃんと「ですか」と言っているわけで、乱暴な物言いをされているわけではありません。だというのに覚えてしまう違和感の正体とは何なのだろうか……？　と、この言葉を言われる度に、考えていたのです。

「本当ですか？」は、「本当？」とか「マジ？」の丁寧な言い方と言うことができます。「本当ですか？」をもう少しくだけて言うと「マジですか？」になるのだと思う。

この手の言い方が表現するのは、相手が言ったことに対する驚愕（きょうがく）です。「とても本当とは思えない（でも本当なのですね）」という意が、込められている。

私がティーンだった時代は、

「うそー」

「本当ー？」

というのが、若者言葉として大人から嫌悪されていました。

「トシちゃんと聖子ちゃんって、付き合っているらしいよ」

「うそー！」

「昨日、〇〇ちゃんが原宿でスカウトされたんだって」

「本当ー？」

などと、若者達がちょっとした事実にも「それは嘘ではないのか」「本当なのか」というオーバーな表現で驚いてみせることに、大人達はイライラしたのでしょう。

私達にとって、「うそー」という言い方には、「それが嘘であってほしい」という気持ちも込められていました。

「明日、ぬきうちテストがあるらしいよ」

「うそー！」

と言うことによって、「どうか嘘でありますように」という呪詛のようなものをかけていたのです。

対して「本当ー？」には、称賛の意味がありました。原宿でスカウトされた〇〇ちゃんの話に対する「本当ー？」には、「すごい」とか「うらやましい」とか、その手の感情が、込められていました。

また、「マジ？」に込められていたのは「あちゃー」という気持ち。

「〇〇ちゃん、妊娠しちゃったんだって」

といった話の時に、

「マジ？」

と言うと、最も効果があったような気がします。私の友人達の間では、あまりにも「あちゃー」という出来事が多く「マジ？」が頻用されていたため、誰かが「マジ？」と言うと、

「マジ、火事、おやじ、北公次」

と誰かが返してあげる、という行為がなされておりました（当時、たしか北公次が書いた『光ＧＥＮＪＩへ』という暴露本が話題になっていた）。

このように「うそー」「本当ー？」「マジ？」ばかり口にしていた私達ではあった

ったような気がするのです。大人が何か驚愕の事実を口にしたとしても、「本当ですか？」とは言わなかったのですが、しかしおそらく、目上の人に対しては、

「本当ですか」

と疑う素振りは見せず、

「ええっ、そうなんですか！」

と言っていた。

つまり私の若者時代にはまだ、目上の人が言ったことは、とりあえず傾聴しておくといった雰囲気があったのではないでしょうか。「うそー」「本当ー？」は、相手が言ったことに対してその真偽を疑うフリをしても良い、と思われる相手にのみ、使用可能な言葉。だからこそそれはタメグチ時限定の言葉であり、「うそー」「本当ー？」を敬語に変化させて使用するという頭は、なかったのです。

今、その手の感覚は失われています。今の若者達は、特に驚いていない時でも、まるであいづちのように「本当ですか」を使用する。たとえば若い美容師さんのような人に、

「私、明日から温泉に行くのよ」

と言ったとすると、

「あ本当ですかー」

と、何気なく答えるのです。

美容師さんは、私が明日から本当に温泉に行くのかどうかを疑っているわけではありませんし、驚いているわけでもありません。美容師さんは、ただ「そうなんですか」と言う代わりに、「本当ですか」と言っている。

昨今の若者にとっての「本当ですか」は、おそらくサービスとして使用される言葉なのです。目の前にいる目上の人が言っていることに、ただ「そうなんですか」とシレッと言うだけでは、相手が喜ばないであろう。だから「本当ですか」と言うことによって、「それが本当かどうか疑わしいほどに、私はあなたの話に驚きや新鮮味を感じている」ということを示そうとしているのではないか。

彼らは、相手の話の真偽を疑うということが、たとえポーズであっても失礼にあたるかもしれない、などということも全く考えません。それよりも、「そうなんですか」と薄い反応しか示さない方が失礼だと考えるから、「本当ですか」を多用するのでしょう。

私が「本当ですか」に覚えるちょっとした違和感の原因は、この微妙な感覚の違いなのだと思うのです。「目上の人の話は、たとえフリでも、疑ってみせない方がいいのではないか」と思っている私達にとって、「本当」に「ですか」をつけるという使用法は、考えられない。しかし若者達は、むしろそれは目上の人に対する思いやりだ、くらいの気持ちを持って「本当ですか」を使用する。

それは、「うそー」「本当ー?」を乱用した私達世代のせいでもあるのでしょう。私達は、相手の言うことの真偽を疑うフリをしてみせることによって、「トシちゃんと聖子ちゃんの交際」とか「○○ちゃんがスカウトされた」というネタを、より盛り上げようとしていました。より効果的な合いの手を求めて、当時の若者は「うそー」「本当ー?」に巡り合ったのです。

そして私は、今の若者の「本当ですか」を聞く時に、昔の大人達の気分を知るのです。「本当ですか」に対して覚える違和感を何倍にもしたものが、若者であった私達が「うそー」「本当ー?」を乱用するのを聞いた時の、当時の大人達の苦々しい気持ちだったのではないか。

しかし既に私は、若者達の「本当ですか」を、余裕を持って聞くことができるのでした。彼等は、私達がそうしていたように、「すごい」とか「うらやましい」という感情を、「本当」という言葉に込めようとしている。その心遣いが、ちょっと嬉しくすら感じられる私は、もう立派な大人だということなのでしょう。

Ⅳ

負けない

二〇〇七年の予期せぬ突然の辞任によって、政治史に名を残した、のかもしれない安倍前総理。その安倍さんが、惨敗した同年七月の参議院選挙前の演説などでよく言っていたフレーズがあって、それは、

「逆風に負けない」

というものです。

この言葉は一瞬、とても勇ましく聞こえるのです。正しい道を進もうとする自分に邪魔だてするものに毅然として立ち向かい、決してその歩みは止めない……みたいな。

しかしよく考えてみると、参議院選挙における自民党に吹いた「逆風」の原因とは、閣僚の失言とか自殺とか絆創膏とか、そういった諸事件のことなのでした。そ

してその閣僚とは、もちろん安倍さん自身が選んだ人達。安倍さんは決して、邪悪な敵から逆風を浴びせかけられていたわけではないのです。逆風は身内から吹いていたわけで、それに対して「負けない」と言われても、

「そりゃまぁ、その方がいいでしょうねぇ」

としか言えない。

一般的に、「貧しさに負けず生きてきた」とか、「この悲しみに負けないでがんばる」「病気に負けない」といった発言をする場合、「貧しさ」や「悲しみ」や「病気」は、発言者の責任において発生したものではありません。親のせいで貧しかったのだがその貧しさには負けないとか、天災によってふりかかってきた悲しみに負けないといったことなのであり、もちろん病気だって、その多くは自分のせいではない。不可抗力によってふりかかってきたものに対して「負けない」と宣言するからこそ、そこにはちょっとドラマチックな感傷が生まれるのです。

ところが安倍さんの場合の逆風とは、言わば自分が吹かせてしまった風。それに対して「負けない」などと、まるで自分がいじめられているかのように言われても、と、いくらタレント候補が大好きな国民であっても、さすがに「それは違うんでないの?」と、思ったのです。

しかし昨今、安倍さんのように自分が吹かせた逆風に勝手に立ち向かっていき、悲劇の主人公風にウットリする人が多いような気がするのでした。つまり、他国から侵略されて「負けない！」と言うのではなく、自分から侵略しておきながら、立場が悪くなってくると「でも、負けない！」と言うような感じ。

「〜に負けない！」といった言い方は、一時期ヒット曲の歌詞の中にも頻繁に見られました。ZARDの「負けないで」がその代表格であるわけですが、あの手の歌を聴いていると、苦況に陥った責任は自分にはなく、他人のせいで自分は可哀想な目にあっているのだ、という気分になりがちなもの。確かに、仮想敵を作るというのは一つのやり方ではありますが、そこでは負けじ魂を燃やすことはできても、真摯に自分を反省、ということにはなりづらいのです。

首相になってから災難が続いて、最後はきっと身内までが敵に見えてしまったであろう、安倍さん。在任中は、家でひっそり「負けないで」とか聴いた上で、心をふるい立たせて、

「逆風に負けない」

と言っていたのかもしれないけれど、やっぱり彼は負けてしまいました。「負けないで」と他人に言われてウットリする前に、自分で「負けない」と言ったことに

ウットリしてはいけないのだなぁということは、彼の残した教訓であると言うことができましょう。

〈追記〉その後、二〇一二年の衆議院選挙で自民党は大勝、安倍さんは総理の座に返り咲いた。負けなかったのですね、本当に。

ママ

結婚して子供がいる友達のおうちに遊びに行って、旦那（だんな）さんが妻、つまり私の友達のことを、

「ママー」

と呼ぶのを初めて聞いた時、私はものすごくビックリしたのでした。

子供が生まれると、それまでは名前で呼び合っていた夫婦でも「パパ」「ママ」、もしくは「お父さん」「お母さん」と呼び合いがちであるという事実は、認識しています。が、私の母親が、夫つまり私の父親からずっと下の名前で呼ばれていたせいか、夫が発する「ママ」という呼び名に、私は衝撃を受けたのです。

日本の家庭では、最も小さい者から見た時の呼び名で家族全員が呼び合うようになる、という話は聞いたことがあります。三世代が同居しているとしたら、祖父母

のことは、息子夫婦にとっては本当は親なのに、息子夫婦も「おじいちゃん」「おばあちゃん」と呼ぶ。また、祖父母達は、自分の子供とその配偶者のことを、本当は自分達の子供なのに「パパ」「ママ」と呼んでいたりする。また、第一子と第二子がいたら、親も祖父母も、第一子のことは名前ではなく「お兄ちゃん」「お姉ちゃん」と呼びがち。それは全て、最も小さい者から見た時の呼び名なのです。

家族の中では、最も小さい者と話す時、一人称を使用しないという特徴もあるでしょう。孫と話す時、おばあさんはあまり、「私はね」とは言わず「おばあちゃんはね」と言いがちですし、お父さんが娘と話す時も、「僕は」とか「俺は」とか普段使用している一人称を使用せず、「パパはね」と、娘から呼ばれている名称を使用して、自分の意志を表明するのです。

これはどのような現象なのだろうか、と考えてみますと、つまり家族という集団の中で、最も偉いのは最も小さい者、ということなのではないでしょうか。子供が生まれた途端、親は「私」を消して子供の目線になり切る。同じように祖父母も「私」を消して、孫の視線に合わせるのです。

「パパ」「ママ」と呼び合う夫婦は、たとえ子供がそこにいなくとも、いちいち子供を介して会話をすることになるのでした。

「ねぇ、(子供にとっての)パパ?」

「なんだい、(子供にとっての)ママ?」

という会話は、夫婦で向き合ってなされるものではない。

子供が生まれると、その親が自分の親のことを「おじいちゃん」「おばあちゃん」と呼ぶようになるのは、本当に面白い現象だと思います。私の母親も、私の前では自分の両親のことをずっと「おじいちゃん」「おばあちゃん」と呼んでいたのですが、最近になって、「おかあさん」と呼び掛けるようになったのです。私はそこで初めて、「この二人って、親子だったんだ」ということに気が付いて、ドキッとしたのでした。


おそらく日本人は、自分の子供が生まれた瞬間、親に「甘える」人間から、子供から「甘えられる」人間にシフトチェンジするのです。自分の子供に対して、「この人達にも甘えていいのよ」と示すために、自分の親のことを「お父さん」「お母さん」ではなく、「おじいちゃん」「おばあちゃん」と呼ぶようになるのではないでしょうか。

私の母親の場合で言えば、自分の子供達が、既に自立して大人になったから、自分にとっての母親を「おばあちゃん」と呼ばなくなったのかも。もう私に対して、

「この人は、あなた達が甘えていい『おばあちゃん』なのですよ」ということを示さなくてもよくなったということなのでしょう。

家族の中で最も偉いのは、最も小さき者。……ということは、最も小さい者だけは、自分のことを「僕」とか「私」と言っていいような気もするのですが、しかし日本の家庭においてしばしば聞かれるのは、小さい子供が、自分のことを「マキちゃん喉かわいたー」とか、「これはユウくんの！」などと、自分の名前で自分を呼ぶ、というもの。

大きくなっても、

「ミカねぇ、映画が観たいな」

などと自分の名前で自分を語る人がいますが、これはつまり幼児の擬態をしているということ。幼児っぽく振る舞って「あなたにとって脅威ではない」ということを示す、媚態の一種です。

寡聞にして私は、外国の子供が自分の名前で自分を語るという現象を聞いたことがありません。なぜ日本の子供は、自分のことを自分の名前で言うのでしょうか。

私は、日本では最も小さな子供であっても、自分のことを「自分」であるとは考えずに、役割として認識しているということではないかという気がするのです。つまり最も小さな子供は、無意識のうちに「お父さんもお母さんも、おじいちゃんもおばあちゃんも、皆が何らかの役割を演じているらしい。そして皆が私のことを『マキちゃん』と呼んでいるが、すなわちこの『マキちゃん』こそが、私の役割名なのであろう」ということを自覚するのではないか。

そうしてみると、日本の家族における呼び名というのは、常に役割としての認識を忘れないようにさせるためのものであるような気がするのでした。山田太郎の息子が山田一郎、山田一郎の娘が山田マキだとしたら、一郎は太郎に対して、

「あなたは七十歳の男で、かつては『山田支店長』と呼ばれた銀行員で、妻からは『あなた』と呼ばれ、我々からは『お父さん』と呼ばれた人間である。しかし私に娘が生まれたからには、あなたはもう『おじいちゃん』なのだ。個としての人生など考えず、おじいちゃんとして生きてください」

という意味を込めて、「おじいちゃん」と呼ぶ。

はたまた、山田一郎の妻・由美子のことを、一郎は「ママ」と呼んでいます。子供が生まれる前は「由美ちゃん」と呼んでいたのに、子供が生まれてからは「ママ」。ここにも、

「子供が生まれたからには、あなたはもう『女』ではない。『母』なのだ」

という気持ちが、こもっているのではないか、もちろん、逆もまた然り。

日本の家庭にセックスレスが多いというのは、この呼び名のせいもあるような気がしてなりません。「パパ」「ママ」とか「お父さん」「お母さん」と呼び合っている二人が、セクシーな行為に没頭するのが難儀であろうことは、傍目にも想像がつく。

友達夫婦が「パパ」「ママ」と呼び合っていることに私が衝撃を受けたのは、だからこそなのでしょう。夫から「ママ」と呼ばれる友達を見て、「彼女はもう、『男と女』の土俵から引退したのだ」ということが何となくわかったことに、私は驚いたのです。それは幸せな家庭の一光景ではあるものの、普通に生きている人はもう「あっち側」に行っているという事実は、私にとっては生々しすぎるようなとり残されたような……。

よく、日本の家庭では母子が密着しすぎであるとか、子供の自立が遅いとか、日本人は自分の意見を持たないとか、その手のことが言われます。もしそうだとするならば、案外家族における呼び名が関係しているのかも、と私は思うのです。家族の中で誰も「私」という言葉を使わず、関係性の中での役割を担うことばかり考えるため、「私」として生きるための鍛練が不足しがちなのではないか。そして女性誌ではよく、セックスレス解消のためにはセクシーな下着を……などといった提案がなされているものですが、そんなお金をかけなくとも、夫婦間の呼び名を変えるだけで、気分はものすごく変わるのかも。ま、いきなり変えるなどということが一番難しいのでしょうけれど。

見えなーい

「見えなーい」

これは、映画館の座席に座ったら自分の前に妙に座高の高い上に頭の大きな人が座ってしまい、スクリーンが半分くらい隠れてしまった時の心のつぶやき、ともとることはできますが、私が今問題にしようとしているのは、そういった意味での「見えなーい」ではありません。

「見えなーい」とだけ書くと、何やらわけのわからないフレーズであるわけですが、しかし私達はかなりの頻度でこの言葉を使用しているのであって、それは年齢に関する話題になった時。何歳なのかを正確に把握していない相手の年齢を初めて知った時、私達が必ず言うことになっているのが、この「見えなーい」なのです。

たとえば法事などで、親戚（しんせき）のお年寄りとお話ししている時。「物忘れがひどくて」とか「膝が痛くて」といった話を聞きつつ、誰かが、「おいくつになられましたか？」とたずねたとする。

「もう七十八ですよ」

という答えがあった時、若手の親戚一同は顔を見合わせて、

「えーっ、見えなーい」

と言うことが、マナーのようになっているものです。それは「笑っていいとも！」のテレフォンショッキングにおいて、ゲストが友達を紹介しようとする時、会場の観客が、

「えーっ！」

と言わなくてはいけなかったのと同じように。

何が「見えない」のかといえば、それは「とてもその年齢には見えませんね」ということ。もちろん、「実年齢よりも上に見える」ということではなく、「実年齢より若く見える」という意味での、「その年齢には見えない」なのです。

「見えなーい」という発言は、お相手の年齢が七十八であろうと八十八であろうと、はたまた九十八であろうと、はたまた五十八であろうと四十八であろうと発せられるべきものです。なぜなら日本においては、「年齢より若く見える」ということは

非常に良いことなのであり、
「あなたは実年齢よりも若く見える」
という意味のことを言われて怒る人は、中学生以下を除けば存在しないのですから。

実年齢よりも上に見える人も、中にはいるものです。しかし、たとえ「えっ、この人って七十代なの！　てっきり八十代かと思ったー」と内心で思ったとしても、人は「見えなーい」と言うのです。お年寄りに対しての「見えなーい」という言葉は、敬老精神のあらわれであり、はたまた老人福祉の一環と言ってもいいでしょう。

なぜ、実年齢よりも若く見えると言われることに人はそんなに喜ぶのかといえば、「若ければ若いほど偉い」「若ければ若いほど幸せ」という意識が、日本人の中にはあるからということは、言うまでもありません。食べ物でも衣服でも家でも、新しくて、みずみずしくて、けがれがないものが日本では珍重されるからこそ、人においては若さが重要視される。

一方では、年長者を尊敬する文化も日本にはあるはずなのです。お年寄りが大切にされ、歳をとればとるほど良い思いができるのだから早く歳をとりたいと若者に思わせるシステムが、かつての日本にはありました。

そんなシステムが完全に崩壊したのは、八〇年代だった気がします。まずは女子大生ブームが起こり、次に女子高生ブームが到来。「若い」ということに大きな商品価値がある、という発見がなされました。

それ以前にも、若いアイドルはたくさんいたのです。花の中3トリオ、といった言い方もありましたし。しかし百恵ちゃんや淳子ちゃんは、ただ若かっただけではありません。こんな若いのに歌が上手い、というところが珍重されたのです。対して女子大生ブームや女子高生ブームの時は、歌が上手いといった「芸」は、かえって邪魔になりました。何ら芸など持っていない、ただむき出しの若さだけを持っている女の子が新鮮に見え、チヤホヤされたのです。

こうして若者は、自らが持っているほとんど唯一の財産、「若さ」の価値に気付いたのでした。若さという財産に気付いた者は、当然ながらその財産を守ろうとします。歳をとるごとにその財産は指の間からこぼれ落ちてゆくわけですが、そうはさせじと必死に努力するようになった。

若さは、財産。若々しくあろうとしないのは、罪悪。……そんな意識は、他の世代にもあっという間に広がりました。かくして今や、美容産業は隆盛を極め、シワやシミの除去のために、人はあらゆる手を尽くすように。少しでも若く見えるための努力を、あらゆる年代の人が行っているのです。

かく言う私は、八〇年代に若い時代を過ごした者。私達の世代は、結婚をしようと子供を産もうと、いつまでも若くお洒落でモテていたい、という欲望を持ち続けています。一方では、「いつになったら思い切り老けることができるのか」という、そこはかとない疲労感も感じている。

だからこそ私達は、他人に対して「見えなーい」と、言うのでしょう。いつまでも若くいなくてはならないという圧力に誰もがさらされているのを知っているからこそ、「お互い、大変ですよね」という意味も込めて、たとえ嘘であっても、

「見えなーい」

と言う。

言われた方も、その辺の事情はわかっているのです。「見えなーい」と言われると、一瞬「あらそうかしら？」と、ちょっといい気分にはなるけれど、「ま、社交辞令よね」と思う。しかし「見えなーい」と言ってくれる思いやりは嬉しいので、自分もまた誰かに「見えなーい」と言うことによって、返礼とするのです。

「見えなーい」と言い合うことによって、ゴールの見えないアンチエイジングの道を歩み続けなければならない同志を励ましている、私達。情けは人のためならず、

とでも言いましょうか、「見えなーい」という言葉がいずれ自分に還ってくることを期待しつつ、私達は灰になるまで、「見えなーい」と言い続けるのでしょう。

みんな

いつの時代も、親と子の間で交わされる会話。それは、

「みんな持ってるんだから、アレ買って！」

とせがむ子供に対して親が、

「みんなって誰なのっ。全部名前をあげてみなさいっ」

とか、

「みんなはみんな、ウチはウチっ！」

などと言う、というもの。


今で言うならば「アレ」の中には、携帯とかゲームソフトとか、その手の物が入るのでしょう。私の場合は、流行の服とか靴といったものをねだる時に、「みんなが持っている」という論法をよく使用したものです。

その「アレ」を本当にみんなが持っているのかといったら、ほとんどの場合、そうではありません。仲間の十人のうちの三人くらいが持つようになると、それは「みんな」になる。仲間ではない人達はほとんどそれを持っていなくても、つまりクラスの中で三人しか「アレ」を持っていないとしても、子供には「みんな」に見えるのです。

しかし、たとえクラスの中で三人しか「アレ」を持っていなくとも、子供は既に感じています。もう間もなく、クラスのほとんどが「アレ」を持つ時期がやってくる、ということを。そうなってから持ったのではもう遅いことを知っているから、

「みんなが持ってるからアレ買って！」

と、言うのです。

大人になってくると、「みんなが持っているから」という理由で物品を欲しがるという気持ちは、少なくなってきます。しかし私は今でも時折、「みんなが持ってるからアレ買って！」と言っていた子供の頃のズルさが、自分の中にまだ残っていることを確認することがあるのです。

たとえば、

「あの映画、みんな面白いって言ってた！」

とか、

「あのお店、みんな美味しいって言ってた！」

といったことは、今もよく言いがち。だからあの映画が観たいとか、だからあのお店で食事がしたいというフレーズが続くわけですが、その時の「みんな」の人数というのは、実はさほど多くない。

「みんな」と言うと、少なくとも同意見の人が五人以上いる感じがしますが、実は「みんな」の正体は多くて三人、普通で二人、下手をすると一人だけの時すらある。

また、

「最近、何だかみんな○○してるのよ」

みたいな話をする時（○○の中には、留学とか転職とか結婚とか妊娠とかマンション購入とか、ある時期にしがちな行為が入る）の「みんな」の実数も、せいぜい二人か三人だったりするのです。

「みんな」という言葉を使用すると、確かに話の説得力が増すものです。が、いくら横並び主義の日本人だからといって、そうそう同時期に同じことをする人ばかりではない。ほとんどの「みんな」は嘘である、と言ってもいいでしょう。

「みんながするから私も」的な同調圧力による行動は、日本人の悪癖だという話もあります。が、「私以外のみんなは〇〇だというのに私だけが違う」という状況は、私達の心を「頑張らねば」と発奮させる一つの材料なのかもしれません。「みんなはみんな、私は私」などと日本人が完全に割り切ってしまったら、この国の発展はストップしてしまうかもしれないなぁという気も、するのでした。

みんなで食べるとおいしいね

文章を書く仕事をしておりますと、「他人とは違う、ちょっと気の利いた言い回しを使いたい」という色気を、つい出したくなってしまうものです。赤子の頬（ほお）を見て「マシュマロのようだな」と思っても、そのまま「マシュマロのよう」と紋切り型の表現を使用してしまうのは業務としてはどうなのか、と思うので、「餅（もち）みたい、っていうのも平凡か？　では生麩（なまふ）ではどうだ？」などと、他の言い回しを一生懸命に考えてみたりする。

我々の思考というものは、かなりのところ、この紋切り型の表現というものに支配されているものなのでした。下町の商店街のコロッケは、食べる前から人情の味がするものと思っているし、結婚とは「彼女のハートを射止めてゴールイン」するものなのです。

紋切り型表現は、人を思考から解放してくれます。何かに出会った時、紋切り型通りの感想を述べていれば、いちいち「本当に私はどう感じているのか？」などということを考えて話さなくてもいい。結婚式や葬式の進行は紋切り型表現のみによって成立しているようなものですが、その手の儀式においては、言ってはいけない言葉がやたらとあり、自由にトークしてしまっては収拾がつかなくなるからこそ、紋切り型が重宝されるのでしょう。

「おはよう」とか「こんにちは」といった挨拶も、一種の紋切り型なのでした。朝に誰かと出会った時に自分がどう感じたか、をいちいち自分なりの言葉で説明しなくてはならないとしたらものすごく面倒だと思うのですが、「おはよう」という一言があれば、その面倒臭さから解放される。思考を集約して無駄をはぶいてくれるのが、紋切り型ということになりましょう。

反対に言うと、紋切り型は私達から思考を奪うものでもあります。小学生の時、私は作文を「とてもおもしろかったです」とか「とてもおいしかったです」という言葉で終わらせることが多かったのですが、そんな時は先生が、「何がどうおもしろかったのですか？」とか、「どんな風においしかったのか、詳しく書きましょう」などと赤ペンで添削したものです。「とてもおもしろかった」「とてもおいしかった」と書くことによって、それ以上のことを考えずに済ませようとする私の怠惰を、先生は見逃しませんでした。

しかし、紋切り型とともに生きるというのは、もしかしたらとても幸せなことなのではないかという気もします。素直な良い性質を持つ私の友人は、旅行から帰ってくれば必ず「リフレッシュした」と言い、温泉に入れば必ず「身体(からだ)が芯(しん)から温まった」と言い、いいお酒を飲むと必ず「飲みやすいー」と言う、という極めて健康的な言語生活を送っています。彼女を見ていると、旅行＝リフレッシュしなくては意味がない、という強固な紋切り型思考を持っているため、たとえそれがイマイチな旅行だったとしても、意地でも「リフレッシュした」と口に出すことによって、本当にリフレッシュした気持ちになっているようなのです。また温泉に入ったら、それがあまりにも熱くて一分も浸(つ)かっていられなかったとしても、

「芯から温まったねー」

と言うことによって、本当に芯から温まっているように見受けられる。それを脇(わき)で見ていて、「言霊(ことだま)ってあるのね……」などと私は思っているわけです。

対して我が身を見てみると、旅行に行ったとしても「宿のサービスがどうも気が

利かない」だの「食事がイマイチ」だのと言いつつ、「私はこの旅で本当にリフレッシュなどできているのか？　疲れに行っただけではないのか？」などと自問自答しています。もちろん熱すぎる温泉に入れば、「これでは全く温まることができないではないか！　こんな温泉に入っていられるのは、老人と下町っ子だけだ！」などとプンプンしてしまい、そうこうしているうちに身体が末端から冷えてきてしまうではありませんか。

してみると、「リフレッシュした」とか「芯から温まった」と言うことによって、「そういうこと」にしてしまう力を持つ友というのは、やはり幸福なのです。

彼女はまた、食事を大勢で食べる時は必ず、

「みんなで食べるとおいしいねー」

と言います。この言葉を初めて聞いたのは、子供の頃のキャンプ。飯盒炊爨をしてみんなでカレーを食べた時、

「みんなで食べるとおいしいわねぇ」

と、盛んに先生が言っていたので、私も「そうなのかなぁ」と思っていたのです。

しかし、大人になってから一人で食事をするようになった時、「一人で食べる食事っていうのも、すごくおいしいんだがなぁ。本当に、大勢で食べる時と一人で食

いと、たくさんのメニューを頼むことができる、とか。煮込み料理などを作る時は、少ない分量を作る時よりも大量に作った方がおいしい、とか。その手の理由はありましょう。しかし、同じパン一個を、一人で食べるのと十人で食べるのとでは、味は変わらない気がする。むしろ、一人で何も気にせずにむさぼり食べる方がおいしい食べ物というのも、この世にはあるのです。ペヤングソースやきそばとか。

……などと考えだした時に、「みんなで食べるとおいしい」というのは本当なのか、という疑問がむくむくと湧いてきたのです。それは、おそらく「孤独は不幸なことなのだ」という観念が生んだ言葉。

「みんなで食べるとおいしい」ということにしておけば、人は誰かと一緒に食事をするように努力することになりましょう。そうすれば、この世から孤独という悪はいつか撲滅されるのであり、「人として生きる以上は孤独の撲滅を目指さなくてはならない」という思想を「みんなで食べるとおいしい」という言葉ははらんでいるのでした。

紋切り型の言葉通りに生きる友人は、やはりまっとうに家族を作り、家族と食事をする時はちゃんと、

「みんなで食べるとおいしいね～」

と、子供達に語りかけています。きっと彼女の子供達も、「食事はみんなで食べるとおいしいものなのだ」「旅行に行くと、リフレッシュするものなのだ」「温泉は、芯から温まるものなのだ」という意識を持って、成長するに違いありません。紋切り型通りの幸せな人生がどうも恥ずかしいながらもちょっと羨(うらや)ましい私としては、そんな子供達が、この先一人で食事をしなくてはならないなどという悲惨な事態に陥らないよう、陰ながら祈っているのでした。

もしアレだったら

「その打ち合わせ、もしアレだったら別の日に変更しても大丈夫ですよ」

などと仕事の現場で言われた時、

「え、もしアレだったらって、そのアレって何のことなのですか？」

と問う人はいません。

また、たとえば料理屋さんにおいて、

「今日はしめじご飯をご用意していますが、もしナンでしたら、白いご飯もございます」

とお店の人に言われた時、

「『ナン』とはどういうことでしょうか？」

と答える客もいない。

「もしアレだったら」、「もしナンだったら」。この場合の「アレ」とか「ナン」というのは、日本人は考える前に、理解していった指示代名詞が具体的に何を表しているのかを、日本人は考える前に、理解しています。つまりその手の言い方というのは、「もしあなたの都合が悪ければ」とか、「もしあなたがお気に召さないようであれば」とか、そういったことを言い表していることになる。

しかしなぜ、「都合が悪ければ」とか「お気に召さなければ」といったことを「アレ」とか「ナニ」で表現するのでしょうか。……と考えてみると、それは一種の、相手に対する思いやりであると考えられます。

「もしあなたのご都合が悪ければ」

「もしあなたがお気に召さないのであれば」

といった言い方は、「あなたは私の言ったことに対して否定的な見解をお持ちかもしれませんが」といった意味合いを持つことになります。和を大切にする私達日本人にとって、「NO」を言うことは、相手に対する失礼であり、「あなたは『NO』と言うかもしれませんね」と予測することも、一種の失礼。「NO」と言うことが精神的負担であることを考えると、その「NO」というタブーワードを、「アレ」「ナニ」で直截的でなく表現することによって相手に否定をさせやすくしてあげようというのが、「もしアレだったら」的な言い方なのでしょう。

しかし中には、「もしアレだったら」を、思いやりフレーズに見せかけつつ、自分に都合よく使っているケースもあるものです。

たとえば、仕事の場において、

「もしアレだったら、この件に関しましてはそちらにお任せするということで……」

というフレーズが、出てきた時。よく聞いてみると、この場合の「もしアレだったら」は、相手を思っての言葉ではありません。発言者がその業務をするのが面倒だとか手に負えないのでそちらに丸投げしたいです、という意味だったりするのです。

この場合の「もしアレだったら」は、「そちらの好きなようにやっていただいていいんですよ」という体裁をとっていますが、「面倒」とか「手に負えない」といった真実を隠すためのフレーズとなっています。相手を思いやるフリをしつつ、自分のマイナス面を隠すための言い方なのです。

「もしアレだったら」は、このように「言いたくないこと」とか「相手に怒られそうで言いにくいこと」をぼかすためにも、多用されているのでした。

「カレーに髪の毛がはいっていましたか？　もしアレだったらお取り替えしますんで……」

くらいのことであれば、

「アレに決まってるだろうが！」

と怒ることもできますが、

「もしアレでしたらナニしときますんで」

となるともう、言い返す気力も失せる。アレとかナニって、意外に人をイラッとさせるものですよね。

持って帰っていいですか

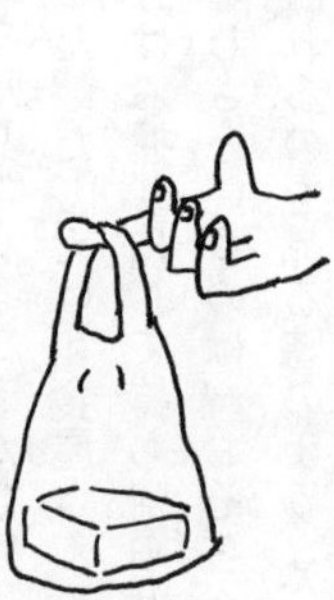

実家で犬を飼っていた時、母親はいつも、バッグの中に数枚のビニール袋を忍ばせていたものでした。たとえばレストランにおいて骨つきの肉などを食した時、

「この骨、チンジュ（犬の名です）が喜ぶわ！」

と、ささっとビニール袋に入れて、持ち帰っていたのです。

今考えれば、皿から骨まで消えているという現象を見たレストランの人は、「あのご婦人は、いったいどんな歯をしているのだ」と思われたことでしょう。が、そんなことはお構いなしに、骨つきカルビの骨でも、アイスバインの骨でも、せっせとビニールに詰めておりました。あ、でも鶏（とり）の骨は犬の喉にささってしまうのでダメ、ということでしたが。

我が家の犬は、そんな風にして持ち帰られた骨を、喜んで齧（かじ）っていました。今時の洒落た犬達は、もう骨などをかじったりはしないのだろうなぁと思うと、あのガリガリという音が懐かしく感じられるというものです。

犬亡き今、さすがに骨を持ち帰ろうとは思わないのですが、しかし料理が余ると、つい「持って帰りたい」と思いがちな私。余った料理は単純にもったいないし、持ち帰った料理を翌日に食べて、前日の美味しかった余韻に浸るというのも、けっこう好きなのです。

とはいえ、日本ではあまりドギーバッグの習慣はないようです。ですから、気心の知れた相手と食事をしている時でないと、

「持って帰っていいですか?」

と言い出しづらいもの。仕事相手と食事している時は、いくら料理が余っても、「持って帰りたい」という気持ちをグッと胸におさめているのです。

その点、「最初から余るくらい作られているので、持ち帰りになることが想定されている料理」というのは、何だか嬉しいものなのでした。たとえば和食屋さんで、最後に鯛飯が土鍋に一杯炊かれて、食べ切れなかった分はお握りにして持ち帰らせてくれる、みたいなやつ。そんなお握りを持って帰る嬉しさというのは、おそらくは酒飲みの人がコップに注いでもらうお酒が受け皿に溢れるのを見る時のような、

つまりは「オマケ」がもらえたような嬉しさなのでしょう。

たとえばとあるリゾートホテルでは、朝食において、クロワッサン、ブリオッシュ、ハード系等々、とてもたくさんの種類のパンが供されるのでした。全部食べてみたい、けどこんなには食べられないし……と悶々とするのですが、そんな心配はせずとも、食べ切れなかった分は、袋に詰めて持って帰らせてくれる。「明日の朝、食べようっと」と、ホクホク気分になることができます。

またとある中華料理店では酢豚が名物なのですが、その酢豚がものすごい大盛り。それもまた、ほとんどのお客さんが余った分は持ち帰りにするのだそうです。その中華屋さんに行った翌日はいつも、子供のお弁当のおかずが酢豚になったりして、それがまた楽しみだったりするのだろうなぁ。

この手のオマケ商法は、無類のオマケ好きである私達日本人にとっては、非常に効果的なものではないかと思われます。特に、私達の側から、

「持って帰ってもいいですか？」

と言わずとも、店の側から、

「持って帰りますか？」

と言ってくれると、お得感は倍増。

友人の家に食事に行った時なども、

「これ、よかったら持って帰る？」

などと余った料理をすすめられると、嬉しくて即座にうなずいてしまう私。子供の頃、サンリオグッズについていたオマケを必死になって集めていたオマケ好き根性は、どうやら今も変わっていないようです。

料理、得意なんです

実に多くの女の子達が、
「料理、得意なんです」
という嘘を、異性にモテたいがためについたことがある……という事実が、ある
テレビ番組の中で放送されていました。
料理が得意な女性は、異性から好かれる。これは、昔も今も変わらぬ不動の事実
です。日に三度の食事を食べるという生活をしている限り、美味しい食事を作るこ
とができる人は、異性に限らず、人に好かれることになる。
しかしだからこそ、
「料理、得意なんです」
という言葉は、注意深く使わなくてはならないのでした。女性の社会進出が進み、便利な外食産業や持ち帰り産業が発達した結果、「料理をするのは、どうも……」という女性は増えつつある。

そんな中で、女性があまりにも堂々と、

「料理、得意なんです」

と言ってしまうと、同性の反感を買うことになりかねません。

男女が一対一でいる場においてであれば、

「料理が得意で、肉じゃがとかよく作るんですぅ」

などと言うのは、自由なのです。それがどれほどの嘘であっても、あとから自分で責任を取ればいいだけの話。

しかしたとえば合コンのように複数の男女がいる場において、

「料理、得意なんです」

と言う女性がいると、他の女性は少し、しらーっとした気分になります。その手の発言があると、

「えっ、意外だなぁ」

とか、

「どんなもの作るの？」

と男性の質問は彼女に集中し、するとその手の女性は決して、

「ウサギのインボルティーニが得意なんです」

とは言わず、

「いえ、別にたいしたものは作れないんですけど、冷蔵庫にある残り物を適当に使って何品か……。手早いだけが取り柄なんですけどね」

といった感じで答えるわけで、そうなるとますます男性達の瞳は輝いてくるのです。

この時、なぜ他の女性達はしらーっとしてしまうのかと言うと、つまり「誰もが一本釣りをしている場において、そういうあからさまな撒き餌をするのはルール違反なんじゃないの?」と思うからなのでしょう。冷蔵庫の残り物で手早く何品か作る女、という生き物を嫌う男性がいるわけはなく、生理的な部分で異性に訴えかけるというその手法に、おっぱいの谷間をこれみよがしにアピールする女性に対してと同じような反則感を覚えるのではないか。

最近は、

「僕、料理が得意なんですよ」

とアピールする男性も増えています。その手の男性はもちろん女性に人気がある

わけで、

「えーっ、食べてみたい！」

ということにもなりやすい。料理ができない男性からしたら、「ちょっとくらい料理ができるからって、女の前で自慢しやがって」と、やはり傍で聞いていてしらーっとした気分になっているのではないでしょうか。


料理が特殊技術となっている今となっては、素人さんの料理自慢というのは、かなり嫌味な響きを持つものです。「だって本当に得意なのだからしょうがないではないか」と思うかもしれませんが、料理技術を持たざる者の気持ちにも配慮して、たとえ自慢をしたくとも、「含羞」というものを大切にした方が、いいのかもしれません。

私、大食いなんです

その昔、女性はあまり大食いではない方が良いとされていたところがあります。一人の時の食欲はすごいのに、異性の前ではバクバク食べないようにする人もいたし、「食い意地がはっている」とか「くいしんぼう」といった言葉はよくない意味で使用されることが多かった。

その時代は、たとえばロースカツのようなコッテリしたものを目の前にして、

「私、お肉のあぶらみって食べられなーい」

などと言うことがモテにつながる、ということもありました。丼(どんぶり)ものをかっ込むよりもサラダをついばむ方が女性らしくて上品、という意識もあったものです。

しかし今、事情は変わりました。小食の女が魅力的、という概念は既に過去のもの。どんな男性に聞いたとて、

「ええ、たくさん食べる女性の方が健康的で好きですね」

と答えが返ってくるのです。

男であれ女であれ、たくさん食べる人を見るのは、気持ちのよいものです。しかし、大食いをよしとする風潮が女性にとってよいことなのかと考えてみると、そこにはやや疑問があるのでした。

「たくさん食べる女性が好き」と言う男性は、決して「たくさん食べて太っている女性が好き」なわけではありません。たくさん食べれば太るのは自明だというのに、彼らは「たくさん食べる、けれど太ってはいない女性」が、つまり「新陳代謝がものすごく良い女性」が好きと言っていることになる。ま、私達も「たくさん食べて太っている男性が好き」なわけではないので、同じことではあるのですが。

ギャル曽根ちゃんのようではない、つまりたくさん食べればそれだけ太るというごく普通の体質を持っている人達は、そこで困ることになります。たくさん食べて太っている人というのは、時に不吉な印象を他人に与えるのに対して、たくさん食べるけれど太っていない人は、そちらの方が体質としては変なのに、たいていの人に「気持ちがいいねぇ」などと好印象を持たれるものです。当然、他人から好印象を持ってもらうには、今や、

「私、あんまり食べられないんですぅ〜」

という芸風は完全にダメ。一人の時は「食事はサラダだけ」にしても、他人の前では豪快に丼をかっ込むくらいでなくてはいけなくなってきました。いかに太らずにして人前でたくさん食べるようにするかということで、メニュー選びの時は、「食べたいもの」より「カロリーの低いもの」を選ばなくてはならなかったりもする。

　昔は、

「私、お肉のあぶらみって食べられなーい」

　と言うような小食ぶりっこの女性に対して、軽くイラついていた私。しかし今は、

「私、すっごく大食いなんです！」

　などと、ことさらにその大食いっぷりを誇示するような人に対して、イラつくのでした。当然ながらその手の人は太っていないわけで、傍で聞いている者としては、

「え〜、そんなに食べるのに全然太っていなくて、すごいですね！」

　とか言わなくてはならないのがまた、面倒臭い。


　ギャル曽根ちゃんのような、芸の域に達している大食いになれば、それはそれで称賛したくなるわけです。が、昨今世間に増えている大食いぶりっこからは、飽食

の時代であるからこそ出てきた「そんな時代にもたくさん食べてしまえる私」という自己顕示欲が、感じられる。

とはいえギャル曽根ちゃんのみならず、「たくさん食べる」という芸風も、それはそれで苦労が多いのだとは思います。この大食いの時代、もう大人なので好きなだけ小食になることができてよかった……と、私はちょっと思うのでした。

私のこと、好き？

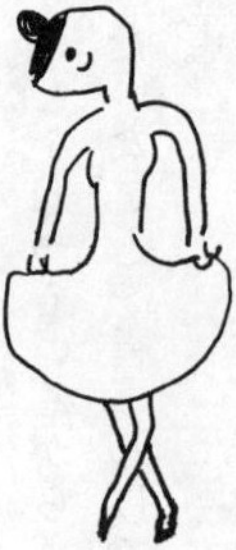

絶対に、「イエス」としか相手に言わせないような質問、というのがこの世にはあるものです。たとえば恋人同士の間柄における、

「私のこと、好き？」

という問いかけ、とか。

一応は恋人である相手からこう聞かれた場合、よっぽど悪意を持っていない限りは、

「好きだよ」

と答えざるを得ないわけです。すると質問した側は、

「どこが好き？」

と、さらに畳みかけるように質問してくるというのが、だいたいのパターン。質

問された方も、

「可愛いし、優しいし……」

みたいなことを、いつの間にか答えさせられていることになる。

同類の質問としては、

「私のこと、嫌いなんでしょ?」

というのも、あります。こう聞かれれば、

「嫌いなわけないじゃん、大好きだよ」

と答えるのがやはり人の常というもので、同じように、

「じゃあ、どこが好きなの?」

「可愛いし、優しいし……」

と続くことになる。


この手の質問は、だいたいにおいて女から男へとなされることが多いようです。女性は、「好き」とか「愛してる」とか言われるのが大好きな生きもの。その手のことさえ言っていればある程度は上機嫌が保たれるということを知っているから、西洋の男性達は妻や恋人に対して、頻繁に「愛してる」みたいなことを言うわけです。すなわちそれは、快適な日常を送るための暮らしの知恵。

しかしわが国の男性は、ごく単純なその法則を、理解していません。頭ではわかっているのかもしれませんが、日本古来の伝統によって培われた羞恥心のようなものが、おいそれと「好き」とか「愛してる」みたいなことを彼等に言わせないのです。

そんな同胞男性達を相手に、それでも「好き」と言わせるために女性が口にするのが、

「私のこと、好き？」

という文句なのでした。それはほとんど、

「この林檎、赤いわねぇ」

「ああ、赤だねぇ」

というやりとりと同じようなものなのです。

男性としては、その手の質問をされると、

「そんなこと、いちいち言わなくてもわかっているだろう」という気分になるらしい。

しかし女性というものは、

「あ、猫だ」

とか、

「人がいっぱいいるわねぇ」

といった、「そんなことは見ればわかる」的なことを、いちいち口に出して言うことによって、満足を得る生きものなのです。だからこそ、男性が「好きだからあなたと付き合っているのであって、好きなのは当たり前だ」と思っていても、いちいち「好き」と言ってほしい。

「私のこと、好き？」

という質問は、すなわち「好きと言え」という意味なのです。命令調ではあまりにキツかろうということで、質問調にしただけ。

とはいえ、そんな質問ができるのも、「相手は絶対に『好き』と言う」という確信を持っていられる間のみ。ま、この手の質問ができているうちは、二人の間柄は平穏ということなのでしょう。

一定の

東日本大震災が発生した後、メディア上で使用頻度が増えた一連の言葉があります。かねて気になっていた、

「勇気をもらいました」

「元気を与えたい」

といった、目に見えないものをあげたりもらったりする文も、震災後はさらに多用されるように。

たとえば被災地に有名人が慰問やボランティアに行った時は、その意気込みを聞かれるとしばしば、

「少しでも被災者の皆さんに元気を与えられたらなと思っています」

と言っていましたし、また慰問の感想を聞かれた人々は、

「〇〇さんの歌を聞いて、勇気をもらいました」

と言ったのです。

ボランティアに行く人に対してのインタビューというのは、少し酷です。日本人である以上、「これから善行をする」という人は、テレている。特に日本人は謙遜を美徳としますから、

「被災者の皆さんの生活向上、被災地復興のため、お役に立ちたいです」

と正々堂々と言える人は、少ないのです。だから彼等は一様に、「少しでも」何かを「与えたい」と言ったのであり、その時に与えるものは必ず、「元気」「勇気」的な、非物質的な何かだった。

しかし私は、「与えたい」ブームの当初から、何だかその言い方は失礼なのではないかと思っておりました。「与える」というのは、上から下へとご下賜するイメージの言葉です。飼い主が犬に、社長が社員にエサなり報酬なりを「与える」のであって、犬が飼い主に、そして社員が社長に何かを「与える」ということは無いのではないか。

だからこそ、

「元気を与えたいです」

と言う人に対しては、「何様なのだ」と思っていた私。

「元気になっていただきたいです」

というのであればわかりますが、「与えたい」とはどれだけあなたは偉いのか、と。しかしまぁ、これも最早慣用句と化していますので、目くじらを立てることではないのでしょうが。

福島の原発事故に際しては、様々な曖昧語の乱発が、話題になりました。事故後の状況について、

「今すぐ健康に被害があるわけではない」

「健康には影響を及ぼさないが、万一のために出荷を停止」

という言い方がなされたことによって、日本人の不安は増大したのです。

日本人がかつて経験したことが無い事故が発生して、「間違った情報を断定的に言ってはならじ」「人々をパニックに陥らせてはならじ」といった意識によって、この手の曖昧発言はなされたのでしょう。あの時我々は、「政府の言うことは嘘だから」と、「本当のことを言う人」を、やっきになって探していました。

さらに私がよく意味がわからなかったのは、たとえば原発事故の様々な処理、除染といった活動について報告する時にしばしばなされた、

「一定の効果をあげている」

「一定の成果があった」

といった言い方です。

「一定の成果」と聞いた時、私にはそれがどのくらいの成果なのか、ピンときませんでした。「一定の」といえば「ある決まった程度」という感じですから、ある量の成果は上がったが、それ以上の伸びは無い、という意味なのか。それとも、決まった量の成果が、定期的に上がり続けているという意味なのか。

震災でブレイクした感のある「一定の」という言葉は、その後政治の世界でも以前より頻繁に使用されるようになりました。国会答弁などでも、この言いまわしを使う政治家を、しばしば見ます。

彼等の姿を見ていると、「一定の成果」とは、「ものすごく成果が上がった」との意味ではなさそうだな、ということは、何となくわかるのです。想定以上の成果が上がっているならば、堂々と、自慢気な言い方になるはず。しかし「一定の成果」と言う政治家達はいつも伏し目がちで、ちょっと早口になっている。ということは「一定の」というのは、「ちょっと」と同義ということなのかしらん……。

私は、政治家がよく使用する言葉に疎いのです。政治家特有の曖昧表現や、普通には使用しない漢語的表現に、まんまと騙（だま）されている国民の一人。

　彼等がよく使用する、「是々非々」という言葉の意味も、よくわかりません。「是非是非じゃなくて、是々非々？」と、いつも気になりながらも、聞き流していました。

　きっと政治家の誰かが適当に作った曖昧用語なのだろう……、と広辞苑を引いてみたら、載っているではありませんか「是々非々」。

「良いことは良い、悪いことは悪いと、事に応じて判断すること」

としてあります。そしてそれは、荀子（じゅんし）の言葉だとのこと。日本の政治家が適当に作った言葉ではなかったのです。

が、「良いことは良い、悪いことは悪い」と判断するなどというのは、特に政治の世界においては、当たり前のことではないのかと思うのです。

「その件につきましては、是々非々で対処いたします」

と堂々と言う政治家がいますが、あまりにも当たり前すぎて、何も言っていないのと同じことになりはすまいか。

　ついでに私は、「一定」についても広辞苑で調べてみました。

「1　一つに定まって動かないこと」

「2　定まった状態にすること」

と続き、

「4（多く『――の』の形で）程度を漠然と指し、『十分ではないがそれなりの』の意を表す。『――の成果』『――の役割を果たす』」

とあるのを見て、私は驚きました。

「一定の成果」とはすなわち、「十分ではないがそれなりの成果」という意味だったのです。それは、政治家が煙幕を張るために適当に使った言葉でなく、広辞苑にも載っている使用法だった。さすが政治家、つっこみ所は無いようにしてあります。

しかし政治家達が「一定の」と言う時に伏し目がちになる理由が、広辞苑を見て私はよくわかりました。「一定の」とは、「十分ではない」ことを示すのです。

しかし、「十分ではないがそれなり」という言い方もまた、曖昧です。十分ではないにしても目標の九割がたは成果が上がっている場合も、目標の一割しか成果が上がっていない場合も、全て「一定の成果」と言うことができるのですから。

政治家が、「一定の成果」と言う場合は、ですから「あまり突っ込まないでくれ」というシグナルなのかもしれません。

「十分な成果ではないけれど、少なくとも後退はしていない。少しずつ前進はしているのであり、いつかは目標に到達するのだ。そこんところを一つ、慮（おもんぱか）ってくださいよ」

といったニュアンスが、込められている気がしてなりません。

この言葉を別のシーンで使ったら、どうでしょう。

「宿題、したの？」

と聞いた時、子供が、

「一定の量はしたよ～」

と答えたらお母さんは激怒するでしょうし、

「ノルマは達成できませんでしたが、一定の売り上げはありました」

とシレッと言う営業マンがいたら、彼は決して出世はできないのではないか。

しかし政治の世界では、それが許されているのです。「十分ではない」という意味を「一定の」と表現すると、不十分感がぼかされて、「どれくらいの成果？」と人々を一瞬、ポカンとさせることができる。

原発事故の際、様々な処理について、「一定の」が頻用された理由は、してみるとよくわかるのでした。原発事故の処理に、「十分な」成果は全く上がっていない。とはいえ何とか、前進していることは伝えたい。その時に、

「不十分ではありますが、少しずつは成果は上がっております……」

と言うよりも、

「一定の成果は上がっております」

と言った方が、言う側にとっては気がラクなのではないか。

しかし言われる側からしたら、「一定の」はイライラする言葉です。辞書を見ない限り、それが十分なのか不十分なのか、わからない（もしかして、わからなかったのは私だけ？）。どうも不十分らしいということを察しても、成果の上がり具合が一割なのか九割なのかも、わからない。人々の命や生活がかかっている原発に関する「成果」を表現するのに、八割ものブレが許される言葉を使用するのは、非情というものではないでしょうか。

曖昧さは、時に人を優しく包みます。が、曖昧だからこそ人を傷つけることも、多いのです。言う側がラクな言葉は、言われる側にはつらいのだということを、「一定の」と聞く度に、思います。

素直に

「次につなげる」の項において、スポーツ選手のインタビューの答え方には、時代によって変遷というか流行がある、といったことを記した私。それから時は流れましたが、今も「次につなげる」は、スポーツ選手の間で流行っております。明らかにボロ負けした後でも、

「はい、でも次につながるプレイができたので、よかったと思います」

とインタビューをまとめる選手は多いもの。

「次につなげる」という言い回しは、スポーツ選手にとって非常に便利な発見であり、今後も長く使用されるものと思われるのです。

ではスポーツ選手インタビュー業界で、「次につなげる」以降のニューカマーは何かといったら、

「素直に嬉しい」

というものではないでしょうか。これはもちろん、試合に勝った選手が、今の気持ちを聞かれて答える台詞。

「素直に」という言葉にさほどの意味は無いわけで、「嬉しいです」だけでもいいのではないか、と私は思う。しかしもし、

「今のお気持ちは？」

「嬉しいです」

だけだと、一昔前のお相撲さんの勝利インタビューのようで、あまりに素っ気ない。とはいえ「嬉しい」以外の感想もさほどは無いわけで、「嬉しい」という心理に多少の愛想を加えるために、「素直に」とつけてみるのではないか。

「素直に」という装飾語は、「超」とか「すっごく」といった、「very」の意を示す言葉とは、微妙にニュアンスが異なります。言い換えるとすれば、「マジで」に近いのではないか。「嬉しい」という気持ちを疑う人はいないけれど、「嘘じゃないんです、本当に嬉しいんです」という意味で強める役割を「素直に」は担っている。

それは、言い訳にもなります。その昔、日本では自分が成し遂げた偉業でも、手放しで喜びや自賛の気持ちに浸るのはいかがなものか、という空気がありました。

スポーツ選手であれば、たとえ勝っても「まだまだです」と言わなくてはならない空気があった。

今は、その手の無駄な謙遜から人々は解放されています。とはいえ「出る杭は打たれる」風土は日本には根強いわけで、

「いやあの、自分ごときが恥ずかしげもなくこんなことを言うのもナンですが、でもこういうご時世ですのであくまで率直な感想を言わせていただくとするならば、『嬉しい』ということになりましょうかね」

といった意味を含ませての「素直に嬉しい」なのかも。

「素直に嬉しい」の流行の背景には、スポーツ選手が感じている「気の利いたことを言わなくては」というプレッシャーも、あるように思います。昨今、日本人スポーツ選手のメディア対応力は、飛躍的にアップしています。言葉は悪いですが「馬鹿みたいな受け答え」しかできない人は減り、はきはきと答える人が増えた。中には、明らかに「メディア対応のトレーニングをしたのだな」と思わせる人もいますし、ウィットに富んだやりとりができる人は引退後、芸能の道に進んだりするのです。

そんな中では、特にメディア対応トレーニングをしていない選手も、自分なりに

「うまく答えなくては」と思っているのでしょう。だから「嬉しい」だけではまずかろうと、「素直に嬉しい」となったのではないか。

「気の利いたことを言わなくては」というプレッシャーは、スポーツ選手のみならず、一般人にもあります。嬉しい時に「嬉しい」ではあまりにひねりが無いから、一般人は「普通に嬉しい」と言う。

「素直に嬉しい」も「普通に嬉しい」も、「高尚な感想や難しい意見は持たない。ただ単に嬉しいのだ」と相手に伝えたい、という欲求が背景にはあります。単純に嬉しがる人は、ちょっと純朴風に見える効果もありますし。

この手の言い方が流行るということは、それより少し前に、どんなコメントを述べたものやら、と彼達が悩んだ時期があることを示しています。「気の利いたことを言わなくては」というプレッシャーは、スポーツ選手であろうと一般人であろうと、若者にとって大きなものだったのではないか。しかし、元々話す才能がある人以外、とっさに面白いことをばんばん言えるわけではない。……と開き直った時に出てきた言葉が、

「素直に嬉しい」

「普通に嬉しい」

なのではないかと思うのです。

この手の言い方は、今となってはスポーツ選手にインタビューをする側にも伝染しています。試合後の選手に対して、

「今の率直なお気持ち、お聞かせ下さい」

と語りかけるキャスターは、とても多い。

この言い方を聞くと、私は一瞬「失礼なんじゃないの?」と思うのでした。「スポーツ選手はたいてい、率直な気持ちを語る能力を持たないものだ。だから私は、あえて『率直なお気持ち』と聞くのだ」ということにはならないのか、と。

しかし見ていると、インタビュアー達はそこまで考えて話しているようではなさそうです。「率直な気持ちを聞かせろ」と言った方が、相手の言葉が率直風に聞こえるのではないか、くらいの感覚ではないか。店頭に並ぶ野菜には、とりあえず「新鮮野菜」と書いておけば新鮮に見えるだろう、という風に。

そして、

「素直に嬉しいです」

と言っている側も、今や「素直に」がどんな意味なのかは、ほとんど考えていません。他の選手達が「素直に嬉しいです」と言っているから、自分も嬉しい時は

「素直に」と言っているだけ。

今、

「○○選手、今の率直なお気持ち、お聞かせ下さい」

「素直に嬉しいです」

というインタビューのやりとりを聞いていると、本当に選手の言葉が「率直」で「素直」な気持ちを表しているのか、疑わしい気持ちになってくる私。言葉が慣用句と化した瞬間、言う側は「とりあえず、こう言っておけばいいのだ」となるわけで、その人の本当の気持ちは、隠されます。「次につなげる」にしてもそうですが、ある言い方がスポーツ選手の間で流行った瞬間に、それは率直な気持ちを表す言葉ではなくなっていると思った方がいいのでしょう。

とはいえ、スポーツ選手に対して「真の気持ちを常に語れ」と言うのは、酷というもの。彼等は、言葉よりも身体で自己表現を行う人々なのであり、タレントやアナウンサーとは、違うのです。うまい言い回しを他の選手が使っていたら、「イタダキ」となるのも、無理は無い。

もしかすると今のスポーツ選手は、水泳の北島康介選手がかつて、

「チョー気持ちいい！」

とか、

「なんも言えねぇ」

と言うのを見て、「素直な気持ちをそのまま語るのって、格好いいなぁ」と思ったのかもしれません。が、思わずタメ口になってしまうほどの素直な気持ちというのは、相当な大舞台において相当な成績を残した時、つまりはオリンピックで優勝した時くらいにしか、ほとばしらないもの。オリンピック優勝後のインタビュー、という機会がなかなか無い他のスポーツ選手達は、せめて北島選手っぽいムードを出してみたいという気持ちから、

「素直に嬉しいです」

と、言っているのかもしれません。

単行本あとがき

女子高校生だった頃、「自分達の会話の中からこの三語が消えたならば、どれほどすっきりすることか。と同時に、どれほど不便になってしまうことか」と、私は思っておりました。

「とか」、「たり」、「みたいな」。

「この前A君と話した時に〜、こんどラフォーレのバーゲンとか一緒に行こうとかいう話になったりとかして〜、じゃランチしたりしてから行く？　みたいなことになって〜」

「A君！　いいなー、みたいな」

「デート？　みたいな」

といった当時の我々の会話から「とか」「たり」「みたいな」を除いて意訳すると、

「この前A君と話した時、こんどラフォーレのバーゲンに一緒に行こうという話になり、ランチをしてから行くことになったの」

「A君となんて、いいわねぇ」

「これはもしかするとデート？」

　ということであるわけです。

　しかし我々は、何の話題であっても直截的に話をすることに躊躇してしまい、「とか」「たり」「みたいな」といった言葉を頻用し、あいまいにぼかしながら、会話を進めていたのです。

　大人になったらその癖は治るかと思っていたのですが、気が付いてみれば、治るどころか重症化しているのでした。「みたいな」こそあまり使用しなくなったものの、「とか」「たり」は現役バリバリです。

　さらに言うなら、私の口癖は「何か」。「何か、おいしい」「何か、寒い」「何か、すごい」と、「おいしい」「寒い」「すごい」と言えばいいだけなのに、「何か」というクッション材をつい、つけてしまうのです。

　大人になってからもその手の言い方をしてしまうというのは、「責任から逃れたい」という気持ちが、若い頃よりもますます強くなってきたからでしょう。断定的な言い方をしてしまって、何か大きな責任がふりかかってきたり、相手を怒らせたりするのが、恐い。だからこそ、「〇〇だ」と言わずに「〇〇という気がしないでもない」的な言い方に逃げるのです。……って、「的な」というのも、曖昧語の代表例なのですけれど。

気が付いてみると、私達の生活の中には、その手の「ズルい言葉」があふれているのでした。意味をぼかす。逃げ道を作る。みんなが使う言い方に同調する。そんな手法によって、私達は安心を得ているのです。

何事もはっきり言うことをよしとする外国の方々からすると、この感覚は理解できないものかもしれません。が、狭い国土に密集して住む日本人にとって、これは必要な手段なのかも。真意をクッション材に包むことによって、私達は言葉によるストレスを和らげようとしているのでしょう。

日頃使いがちな言葉をしげしげと眺めていると、私達が言葉によって表現しているのは、気持ちの中のほんの一部でしかないということに気付くのでした。言葉というのは、生々しい気持ちを他人様（ひとさま）に開示する時の化粧であり、ファッションのようなもの。

その化粧が時に濃すぎたり、とんちんかんなセンスだったり露出度が高すぎたりすると、受け手としては「え？」と思うわけですが、本書はそういったちょっとした「え？」という気分を、採集してみたもの。ともに「え？」な感覚を楽しんでいただければ、幸いです。

最後になりましたが、本書の刊行にあたっては、イラストの上路ナオ子さん、装丁の守先正さん、角川春樹事務所の原知子さんにお世話になりました。最後まで読んで下さった皆様へとともに、感謝を捧げます。

二〇一〇年　初夏

酒井順子

文庫版あとがき

言葉は生き物であると、自分が出した本が文庫になる度に、思います。三年前に出た本を読み返してみると、何となく恥ずかしい言い回しがあったり、「今は使わないな」という言葉があったり。自分の中でも、知らないうちに言葉は変化しているのです。

変化する言葉もあれば、変わらない言葉もあります。たとえばSNSブームの昨今、フェイスブックなど覗(のぞ)いてみると、明らかに世代によって、言葉遣いは違う。七十代の人は「恐縮至極」などと書いているし、若者の使う言葉は、意味すらよくわからない。

そして我々世代の特徴は、「つい、語尾を片仮名にしたくなる」ということのようです。すなわち、

「……と思ったのデス」

「……をたべちゃいマシタ」

などと、最後の数文字を片仮名化する人が多い。そういえば青春時代、その手の書き方が流行ったのであり、中年世代の中には、その用法が冷凍保存されているのです。

最後に片仮名で締める書き方は、ちょっとした媚態です。青春時代の我々は、片仮名で締めることによって、少しお茶目な感じ、今の言葉で言うなら「てへペロ」的効果をあげることを期待していました。大人になりきれない我々世代は、今も十代の時と同じ文章上の媚態を期待しているのです。

この三年の間には、SNSのブームの他に、もっと大きな出来事がありました。東日本大震災です。あの震災によって、様々なものが奪い去られましたが、「言葉に対する信頼」もまた、崩壊したものの一つです。「一定の」の項にも書きましたが、曖昧な表現によって被害がぼかされることによって、日本人は言葉を信じていいのかどうか、わからなくなってしまった。

白か黒かだけでなく、グレイゾーンも認める。はっきり言わずとも、相手の真意を察する。そういった心情は、日本人にとっては文化の一つでもあります。しかし震災そして原発事故という事態において、曖昧な表現は、疑心暗鬼を呼びました。本書においては、日本人が得意とする、様々なズルい言葉を取り上げたわけですが、ズルい言葉の数々の中に最も多く見られる欲求は、「曖昧にしておきたい」というもの。表現をぼかすことによって、私達は様々な責任から逃れようとしてきたのです。

しかし我々はそろそろ、はっきりした輪郭の言葉を話してもいいように思います。ぼかすことも文化ではありますが、言い切りが必要な時に言い切ってみせるのは、大人の責任でもあるのでしょう。

……と書いている私も既にいい大人であるわけで、「下手に言い切って責任とるの、怖いよネ！」などと片仮名締めしててへペロ感を出している場合ではもはや、ない。きちんと言い切ることができる人になりたいものだと、震災後二年が経つにつれ、思っております。

最後になりますが、文庫版の刊行にあたっては、角川春樹事務所の原知子さんにお世話になりました。最後まで読んで下さった皆様へとともに、御礼申し上げます。

二〇一三年　三月

酒井順子

ズルい言葉　初出一覧

暑い／ある意味／いまどこ？／嫌いじゃない／してあげる／年明けってことで／なかなか／普通／負けない／みんな／もしアレだったら／私のこと、好き？

『広告』２００５年６／９月合併号〜２００６年６月号・２００６年12月号〜２００８年９月号（博報堂）

あとは若い人に／おいしい／おかわりいかが？／お砂糖、いくつ？／お薦めは？／会費はいくら？／蟹食べてると……／ごちそうさまでした／ご予算は？／コラーゲンたっぷり／これは、何ですか？／今度、ごはんでも／直箸、失礼します／そんなにたくさんは……／どうする？／取り分けますか？／夏バテ防止／一口、どう？／持って帰っていいですか／料理、得意なんです／私、大食いなんです

『料理通信』２００６年７月号〜２００８年４月号（料理通信社）

ウチ／オーラ／おバカ／していいですか？／昭和／近くで申し訳ないんですけど／次につなげる／どこか懐かしい／本当ですか？／ママ／見えなーい／みんなで食べるとおいしいね

『ランティエ』２０１０年１月号〜６月号（角川春樹事務所）

一定の／素直に

文庫版のための書き下ろし

※本書は二〇一〇年七月に小社より単行本として刊行した作品に、「一定の」「素直に」を加筆いたしました。

イラストレーション　上路ナオ子
ブックデザイン　守先正＋山原望

Haruki Bunko
ハルキ文庫

さ 18-1

ズルい言葉(ことば)

著者 酒井順子(さかいじゅんこ)

2013年5月18日第一刷発行

発行者 角川春樹

発行所 株式会社角川春樹事務所
〒102-0074 東京都千代田区九段南2-1-30 イタリア文化会館

電話 03(3263)5247(編集)
03(3263)5881(営業)

印刷・製本 中央精版印刷株式会社

フォーマット・デザイン 芦澤泰偉
表紙イラストレーション 門坂 流

ISBN978-4-7584-3735-6 C0195 ©2013 Junko Sakai Printed in Japan
http://www.kadokawaharuki.co.jp/[営業]
fanmail@kadokawaharuki.co.jp[編集] ご意見・ご感想をお寄せください。